DINGEN DIE FIJN ZIJN

Van dezelfde auteur:

Krijg nou tieten! en andere zwangerschapsverschijnselen

CLAUDIA DE BREIJ

DINGEN DIE FIJN ZIJN

Nieuw Amsterdam *Uitgevers*

Omslagontwerp Bloemendaal & Dekkers

Foto auteur © Anne Timmer

Typografie Willem Geeraerds

NUR 401

ISBN 978 90 468 0691 3

www.nieuwamsterdam.nl/claudiadebreij

www.claudiadebreij.nl

Dit boek is voor Alies...

… en wel hierom

‘Clau…’

O jee. Mijn beste vriendin noemt me Clau. En ik hoor er een komma achter. Dat betekent: toestanden. Altijd.

‘… Er moet me toch iets van het hart.’

Ja. Toestanden.

‘Ik wou er eerst niet over beginnen, maar ik merk toch dat het me echt heel hoog zit.’

Ik roer wat in mijn thee. Een schijnbeweging, want ik gebruik geen suiker en geen melk. Maar het roeren geeft me een reden om naar beneden te kijken, en die neiging heb ik wanneer ik een verwijt voel aankomen. Alvast schuldbewust naar beneden kijken, voor het geval het terecht is. Het is meestal terecht. Ik maak te weinig tijd, ik bel nooit terug, en hoe kon ik godverdomme de sterfdag van haar moeder wéér vergeten. Ik ben een vriend van niks. Ze heeft gelijk. Wat het ook is, ze heeft gelijk.

‘Ja, het is misschien een beetje stom om te zeggen hoor…’

Oké. Dit kan meevallen. Maar toch. Op de incasseerstand. Boetekleed. As op het hoofd.

'... maar ik vond het echt heel kut dat ik niet in je boek voorkwam.'

Die had ik niet zien aankomen. Mijn boek. Mijn boek over zwangerschap en bevallen, bedoelt ze? Komt ze daar niet in voor?

'Iedereen zit erin, Elly, Hilde, de jongens... op een gegeven moment heb ik 't echt weggelegd. Ik vond het toch pijnlijk.'

Nee verdomd. Ze komt er niet in voor. Waarom eigenlijk niet? Mijn beste vriendin, zoals ik haar nog steeds categoriseer, mijn beste vriendin Alies komt niet voor in mijn hyperpersoonlijke grapverslag van het krijgen van een kind. Waarom eigenlijk niet?

'Dat komt omdat je nooit iets tegen me hebt gezegd over zwangerschap of bevallen. En die anderen allemaal wel.'

'O ja. Goh. Is dat het?'

'Ja.'

'O, oké. Doe jij nog wat met dat koekje?'

Wij zijn nu vierendertig. En vrienden sinds ons zeventiende. Nog even, en dan kennen wij elkaar langer wel dan niet.

Het was geen vriendschap op het eerste gezicht. We zaten bij elkaar in de klas bij Nederlands, maar ik vond haar eng en zij mij stom, dus andere sterren zagen we, in andere tijden.

Wij komen nooit meer saam:
De wereld drong zich tusschenbeide.
Soms staan wij beiden 's nachts aan 't raam,
Maar andre sterren zien we in andre tijden.

Uw land is zoo ver van mijn land verwijderd:
Van licht tot verste duisternis – dat ik
Op vleuglen van verlangen rustloos reizend,
U zou begroeten met mijn stervenssnik.

Maar als het waar is dat door groote droomen
Het zwaarst verlangen over wordt gebracht
Tot op de verste ster: dan zal ik komen,
Dan zal ik komen, iedren nacht.

Dat hing aan de muur bij Nederlands. Zo'n vergeelde poster, poëzie met moderne kunst erachter, gedrukt in de veronderstelling dat jongeren gevoeliger voor de schoonheid van woorden zouden zijn als er groene en rode strepen omheen staan. Lessen lang herlas ik Slauerhoffs klassieker, en zelfs zonder een verre prinses om al dat verlangen op te botvieren wist ik precies waar het over ging. Au. Wat mooi.

Alies weet niet eens dat die poster er hing. Zij staarde er nooit naar, ze staarde überhaupt niet. Ze keek stuurs. Naar de grond, naar haar tafeltje, naar de leraar, naar wie haar ook maar aan durfde kijken. Stuurs. Norsig. Rebel without a cause. Razend stoer, vond ik dat. En een beetje eng.

Maar Alies was niet zomaar stuurs, of stoer, of without a cause. Haar moeder ging dood. Dat maakte haar zowel zielig als bijna benijdenswaardig; in de rare pikorde die de puberteit met zich meebrengt, geeft het drama van een overleden ouder een tragisch soort heldendom, een aureool van onaanraakbare volwassenheid, de romantische noodzaak om te roken, te drinken en schijt aan de wereld te hebben. Dat wilden we allemaal wel, schijt aan de wereld hebben. Maar dan wel met een levende moeder, alstublieft.

Ik kon me nauwelijks iets voorstellen bij het verdriet dat ze moest hebben, en durfde er niet naar te vragen. Zelfs niet op dat pyjamafeestje. 'Ladies Night' hadden we het groots en meeslepend genoemd. Zeven meisjes die elkaar niet zo goed kenden keken zielige films, dronken Pisang Ambon en vertelden elkaar de verhalen die we ons hele leven zouden blijven vertellen aan nieuwe mensen, maar dat wisten we toen nog niet. Hoe konden we weten dat de momenten die ons toen definieerden, de dingen die onze ouders hadden gedaan, de dingen die onze families waren overkomen, dingen die onze jeugd hadden gekleurd en gekrast, de dingen zouden zijn waar we de rest van ons leven mee in het reine moesten komen? We zaten er nog middenin. En zwelgden naar hartelust.

'Op een gegeven moment woog ik nog maar zevenendertig kilo,' zei een meisje met een kont als een nijlpaard. De anderen zaten ademloos naar haar te luisteren. Bullshit, dacht ik.

Alies keek stuurs als altijd. Ze ving mijn blik en schoof zichzelf, nog te beroerd om uit haar kleermakerszit te komen, op handen en billen naar mij toe.

‘Wat een gelul hè? Geloof jij het?’ vroeg ze.

‘Echt niet. Als die anorexia heeft, dan heb ik het ook.’

‘En ik,’ zei Alies, en ze stak een handvol Hamka’s in haar mond.

‘Ik vind het heel erg, van je moeder,’ bracht ik uit. ‘Er is een liedje dat ik weleens draai, en ik ken je wel niet zo goed, maar dan moet ik altijd aan jou denken.’

‘Echt? Mag ik een sigaret van jou?’ vroeg ze, en keek er niet eens stuurs bij. Ik pakte mijn pakje Marlboro 100’s. Dat waren iets langere sigaretten. Kon je nog meer roken. ‘Honderd Es’ noemden we ze. Wisten wij veel.

‘Wat voor liedje dan?’

Ik aarzelde.

‘Het is best wel suf hoor. ’t Is van Herman van Veen. Het gaat van:

Het is gewoon gebeurd
Mijn moeder is verdwenen
Een rare tante haalt nu mijn vader aan
Ze maakt het eten
Brengt me ’s avonds neuriënd naar bed
En ik moet dan een kusje geven

en dan zo verder. Wacht, ik heb ’m bij me. Hier. Wil je ’t horen?’

Ik draaide het liedje, zij moest huilen en we werden ontzettend vervriend op elkaar.

‘Oké. Ik vertrouw je hè.’

Alies hield mijn handen vast. Ik zat op mijn hurken in de boomgaard, het hoge gras aaide mijn blote billen. 'Jahaaa. Vertrouw me maar. Ik moet zo zelf toch ook nog. Irritant man, dat die eikels de Dixi omduwen.'

We hadden een tuinfeest, het zoveelste die zomer op het zoveelste boerenerf van de zoveelste vader van het zoveelste klasgenootje. Om in deze winderige polder, van god, café en disco verlaten, niet dood te gaan van verveling organiseerden we af en toe zelf maar een feest. Het enige wat je nodig had was iemand met een vader met een grote boerderij, zes fusten bier en een mobiel toilet zodat die moeder niet kon gaan zeuren. Als er drie fusten op waren moest je de toiletcabine gaan mijden, omdat de jongens hem dan met hun dronken kop omduwden terwijl je erop zat. Op zich een goeie grap, tot je zelf moest en je naast jouw donatie die van de vierentwintig toiletgangers voor jou over je heen kreeg. Daarom liepen wij, meisjes, de boomgaard in, weg van het feest, om samen te piesen. De een staand, de ander gehurkt en met elkaars handen in een stevige houdgreep.

'Oké. Ik ga nou piesen hè.'

'Ja. Doe nou maar.'

'Oké, daar ga ik. Echt, Alies, als je loslaat jongen...'

'Kom op zeg. Ik ben je beste vriend. Ik laat je echt niet kletteren hoor.'

'Echt niet doen hè. Beloof je het? Beloofd hè?'

Ze liet wel los. In mijn eigen zeik en met tranen van het lachen over mijn wangen lag ik in het gras. Op het feest werd Pearl Jam's 'Jeremy' afgelost door het intro van 'Smells Like Teen Spirit'.

'Nirvana! Kom, hijs je broek op. Dansen.'

Here we are now. Entertain us.

Die avond zoende zij met Jeroen en ik met Jos. Of andersom. Het maakte niet uit. We hielden feesten, gingen naar school, hielden examenfeesten, gingen van school, hielden studentenfeesten, gingen uit huis, hielden trouwfeesten, bleven vrienden.

Ze is er altijd als het goed gaat, ze is er altijd als het slecht gaat. Als het middelmatig gaat bellen we elkaar om ons te beklagen over ons middelmatige leven, spreken af om een lange gezonde wandeling te maken en dwalen tijdens de autorit naar het bos af naar de McDrive om patat etend, liefst met uitzicht op een blinde muur en onze gordels nog om te besluiten dat het nu al te donker is om nog te gaan wandelen. We maken het elkaar graag gemakkelijk. Zo is het altijd geweest.

'Ik heb zin om te spijbelen.'

'Ik ook.'

'Zal ik zeggen dat ik verdrietig ben, om m'n moeder?'

'Ja! En dat ik dan met jou mee moet, om te troosten!'

'Ja. Nee.'

'Nee. Dat kan eigenlijk niet hè.'

'Nee. Ik ga wel gewoon spijbelen.'

'Ik ga mee. Naar de koffieshop?'

'Ik heb trouwens echt best wel verdriet om m'n moeder.'

'Weet ik toch.'

'Wil jij een peukie?'

En zo zal het altijd zijn.

Ga floaten

'Ga floaten,' zei het meisje bij de balie van het centrum voor Health & Wellness. 'Is hartstikke lekker, floaten.' Esmee heette ze, las ik op het naamplaatje van haar als doktersjas bedoelde witte lammycoat. Esmee was vandaag mijn Health Consultant. 'Lijkt mij echt wat voor jou, floaten,' fluisterde ze alsof ze precies wist wat ik allemaal wel en niet lekker vond. Voor het blozen echt goed door kon zetten op mijn wangen schoof Esmee me discreet de folder toe.

Floaten is in je blote reet in een bak zout water liggen met een deksel erop, zei de folder, maar dan netter. En dan zetten ze een cd'tje voor je op met het geluid van parende dolfijnen. Dat schijnt voor mensen dan weer heel ontspannend te zijn, dolfijnen die het met elkaar doen. Zouden dolfijnen dan ook rustig worden als je in de branding een pornofilm voor ze opzet met het geluid heel hard? Ik durfde het niet aan Esmee te vragen.

Floaten. Ik zag mezelf al drijven in die tank. Uitgeput

van het radeloze bonken op het deksel zou ik teruggevonden worden, totaal ontspannen, om niet te zeggen: dood. Niemand die het zou merken. Bronstig dolfijnengeloei heeft nou eenmaal heel veel weg van de gesmoorde hulproep van een claustrofoob.

Bij de energetische massage leek het verdrinkingsgevaar me te verwaarlozen en Esmee ging me blootsvoets voor naar het massagekamertje van Ramesh. Ramesh was in 1963 getekend door Anton Pieck voor een oosters sprookje in de Efteling maar per ongeluk door een fee tot leven gewekt. Hij droeg een witte tulband op zijn hoofd en een dito lendendoek om zijn middel. Het kan ook goed zijn dat de lendendoek om zijn hoofd gewikkeld zat en dat hij zijn koffiekleurige mannelijkheid had verstopt in een tulband. Ik heb daar niet zo'n kijk op. Zelf moest ik bloot van Ramesh. Voor de energiebanen, en voor de ontspanning. Ontspannen is moeilijk, vind ik. Zelfs in een totaal witte ruimte met een vleesgeworden boeddhabeeld en het geluid van parende dolfijnen vind ik het moeilijk.

'Laat maar los,' zei Ramesh. Ik lag op mijn buik met mijn hoofd in een gat in de tafel. Ramesh kneedde mijn schouders met iets wat rook naar wierook en toetjes. Mijn hoofd zat een beetje klem in het gat. Mijn neus liep.

'Laat maar los,' fluisterde Ramesh.

Er viel een druppel uit mijn neus. Ramesh drukte op mijn ruggengraat, van boven naar beneden, en verdomd, ik liet los. Sterker nog, ik liet heel lokaal los. Vermomd als de lokroep van een wijfjesdolfijn, hoopte ik, maar Ramesh was ook niet achterlijk. Als het klinkt als een windje en ruikt als een windje, zal het wel een windje zijn, luidt een oude boeddhistische wijsheid. Was ik maar gaan floaten.

Dingen die fijn zijn

- ’s Ochtends hardlopen als het koud is en dat je dan een wolkje ademt
- Met een bord op schoot precies op tijd klaar zijn voor CSI (liefst *Las Vegas*, niet *Miami* of *New York*)
- Bloemen zonder schuin afsnijden in een vaas pleuren en dat ze toch anderhalve week heel mooi staan
- Een hele lichte kater, ter herinnering aan de mooie avond
- Kinderen die op je afhollen (omdat ze je willen omhelzen, niet omdat ze je willen lynchen met een prikpen)
- Verrassend goed op een foto staan

- Italiaanse restaurants waar ze geen Eros Ramazzotti draaien
- Damesmodezaken waar ze geen Norah Jones draaien
- Schoenenwinkels waar ze geen Jamie Cullum draaien
- Een lege, afgehandelde mailbox
- Zweten
- Een te duur kado geven
- Een broek/shirt/rokje/jasje/anders nl.:... uit de kast trekken die/dat je nog nooit hebt aangehad en dat het te gek staat bij je nieuwe laarzen/bustier/string/anders nl.:...
- Ergens op je lichaam spieren kunnen zien
- Instanties opbellen vlak voor je ongesteld moet worden en met je PMS-woede ineens wel krijgen wat je wilt
- Na twintig pagina's weten: 'Dit is een geweldig boek' en dat je dan nog driehonderdzestig pagina's te gaan hebt
- Bruin zijn
- Op een feestje komen waar je iedereen kent

- Op een feestje komen waar je bijna niemand kent maar in een leuke bui zijn

- Een lange autorit naar een ver buitenland met broodjes voor onderweg (en die bij de Van Brienenoordbrug allemaal al op hebben)

- Prettig aangeschoten zijn en het daarbij kunnen laten

- Met een schoongemaakt gezicht en gepoetste tanden in een schoon bed vallen

- Een geheim moeten bewaren en dat kunnen

- Je ex tegenkomen met een nieuwe vlam die dikker is dan jij

- Een volle koelkast

- Lekker diep met een wattenstokje in je oor

- Iemand ontmoeten die iets nieuws zegt

- Iemand ontmoeten die iets zegt

- Iemand ontmoeten

I am I said

'Ik ben misschien te laat geboren,' zong ik altijd graag met Ramses Shaffy mee. 'Of in een land met ander licht, ik voel me altijd wat verloren, al toont de spiegel mijn gezicht.' Mooi hoor.

Te laat geboren, dat was ik! Daarom hield ik natuurlijk zo van alles wat de rest van de klas stom vond. Niet omdat ik een nerd was of zo. Ik was gewoon te laat geboren. Daarom stond ik in een groene ribbroek die ik van mijn moeder aan moest vooraan bij een concert van Neil Diamond keihard mee te zingen met 'Forever in Blue Jeans', en te hopen op zo'n gave versleten spijkerbroek die ik toch niet kreeg. Ik hield van Neil, en dat was niet cool, maar ik was nou eenmaal te laat geboren.

Ik was te laat geboren. Dáárom deed ik stiekem thuis in mijn eentje een hele bigband na op 'Nice 'n' Easy' van Frank Sinatra, terwijl de rest van de klas pasjes aan het oefenen was op de nieuwste single van 2 Unlimited. Daarom gniffelde ik nog om Bomans terwijl de anderen via Giphart ontdekten dat literatuur best grappig kan zijn, daarom rouwde ik nog om John Lennon toen de hele school uit verdriet om Kurt Cobain zijn haar niet meer waste.

Ik was te laat geboren. Daarom wilde ik Mies Bouwman worden, en Herman van Veen, en alleen ontmaagd worden door een jongen die wist wie Jacques Brel was. Ik was te laat geboren. Te zacht voor mijn generatie. De enige van al die kinderen die, geboren in de jaren zeventig, opgegroeid in de jaren tachtig, helemaal niet geschikt was voor zoiets cynisch als 'het ik-tijdperk'. Die 'gezellig' wél een leuk woord vindt. Die echt hoopt dat het met Kerst vrede wordt. Die nog gelooft in goede doelen, die nog gelooft dat sommige politici echt iets willen doen voor iemand anders dan zichzelf.

Het waren zware jaren. Omdat de cynici zo alomtegenwoordig waren dat het gevaarlijk werd om een goed humeur te hebben zat ik in de kast. Tegen de klippen op optimistisch te wezen. Het komt wél goed! Maar ja. Te laat geboren. Pech voor mij. Generatie gemist.

Nu, las ik, kan het allemaal weer. Cynisme is uit. Authenticiteit is in. 'Hoop' is geen vies woord meer. Als je wilt horen bij iets wat groter is dan jijzelf ben je niet meer bij voorbaat een fascist, communist of godsdienstwaanzinnige. De huidige generatie, de 'Millennials' heten ze, is optimistisch. Hoopvol. Heeft zin in het leven. Durft idealen te koesteren, en na te streven. Ja, zelfs uit te spreken! Wauw, dacht ik, dat ben ik, daar hoor ik bij! 'Tot de Millennials rekenen we de generatie die geboren is na 1982,' realitycheckte een professor mij. Ik ben van 1975. Ik ben te vroeg geboren.

Maar what the fuck. Als je maar lang genoeg wacht wordt alles weer cool. Zo stond ik laatst weer vooraan bij een concert van Neil Diamond, die nu OOR- en VPRO- en *Volkskrant*-fähig bleek te zijn geworden. Jammer. Nu stond ik daar, in mijn gave verwassen spijkerbroek, helemaal van nu te zijn. Bah. Naast me zong iemand veel te hard mee met 'Forever in Blue Jeans'. Gelukkig. Een iets te dikke jongen met een net niet coole bril, zelfverzekerd in een bruine corduroy broek. Precies op tijd geboren.

Inloopkast

Lange tijd werd gedacht dat de persoonlijkheid van een vrouw zich liet raden aan de hand van de inhoud van haar tas, maar daar geloof ik niet meer in. 't Zit in de inloopkast.

Laat me uw inloopkast zien en ik vertel u wie u bent. Tenminste, de mijne zegt alles over mij. Hou je muil eens even, inloopkast, denk ik weleens.

Eerst even over het fenomeen zelf. De inloopkast. Ik was me nooit bewust van de erotische lading van het woord. Nlpkst. Ontdaan van klinkers hoor je hoe lelijk het is. Nlpkst. Een adequaat woord als je de kat van de buren uit de geraniums wilt jagen, maar niet iets waar je vrouwenogen vochtig mee krijgt. Zoals 'zomeravond', of 'parelmoer'. Of 'Dolce & Gabbana'. En toch. Zelden klinken er opgewondener kreten in mijn slaapkamer dan wanneer ik de laatste deur van de kastenwand open en er met een nonchalant gebaar (waar ik lang op heb geoefend) naar binnen loop. 'Oh! Ah! Je hebt een inloopkast!' Kirrend lopen de dames achter me aan.

Alsof daar niet gewoon broeken en T-shirts liggen, maar er een heel klein hitsig Christine le Duc-filiaaltje wordt gerund. 'O, wat makkelijk die lades! Voor je riemen! En je kettingen aan een rekje! O! Ruhuuud!'

Of Björn, of Winnetou, of hoe de partner in kwestie ook heet, hij wordt erbij geroepen. Ik schuil schuldbewust achter een avondjapon om zijn hulpzoekende blik te ontwijken.

'Kijk, Clau heeft een inloopkast.'

'Ja.'

'Dat zou bij ons thuis ook zo makkelijk zijn.'

'Nou.'

'Dan halen we toch gewoon een heel klein stukje van de slaapkamer af?'

'Ja. En een stukje van het bed?'

'O ja. Dan misschien een stukje van de studeerkamer?'

'En dat je dan in je blote reet eerst twee trappen op moet naar je inloopkast?'

'O ja. Dan de babykamer.'

'Prima. Clau, heb jij dan misschien interesse in een baby, maat 56, nauwelijks gebruikt?'

Een inloopkast is dus kennelijk al eeuwenlang every girls wet dream. En zoals met de meeste meisjesdingen kom ik daar wat later achter. Zo ontdekte ik op mijn negentiende pas de voordelen van make-up en duurde het tot mijn zevenentwintigste voor ik begreep dat je in plaats van baggy trousers ook rokjes kan dragen en dat dat dan een verdomd geinig neveneffect heeft.

Dat ik de inhaalslag naar het Vrouwendom inmiddels

zo'n beetje heb gemaakt, vertelt mijn inloopkast. Voorheen lagen mijn rokjes onder een stapel nou eenmaal vaker gepakte spijkerbroeken de verstikkingsdood te sterven. Onopgemerkt uit de mode geraakt omdat je ze niet zag liggen in 2004, toen ze nog niet hopeloos 2004 waren. Nu hangen mijn rokjes op rokhoogte, naast de spijkerbroeken. 'Kijk dan,' fluisteren ze, 'ons kan je ook aantrekken! We zitten wel niet zo charmant op de fiets maar wat kleden we lekker af, hè?'

Van de interessantste plank van mijn inloopkast wordt nooit iets gepakt. Helemaal bovenin liggen de Dingen Die Je Niet Wegdoet. Een T-shirtje dat we weggaven bij mijn radioprogramma. Ik zal het nooit dragen, want mijn eigen hoofd staat erop en dat heb ik al zo vaak aan, maar toch. Het is een herinnering. Een das die mijn schoonmoeder heeft gebreid. Mijn schoonmoeder leeft niet meer. Ik heb haar nooit gekend. Die das breide ze bij wijze van therapie toen ze in een rolstoel zat en moest leren leven met een aan één kant verlamd lichaam. Het is een spuuglelijke, in- en inlieve das. Alleen in bepaalde dorpen in Kirgizië zal hij ooit in de mode zijn en hij zit vol met gevallen steken die getuigen van een gemankeerd lichaam. Wol geworden herinnering. Daarnaast een doos vol handschoenen, van toen ze nog goed was. In alle kleuren voor bij ieder denkbaar mantelpakje uit de late jaren zestig. Als je er een aantrekt, raak je haar een beetje aan.

Hallo lieve mensen

Soms is het fantastisch. Meestal eigenlijk. Maar soms is het ook gisteravond. Een misboeking, zo eens in het seizoen heb je er een. Je vermoedt het al als je het theater, angstvallig voor het navigatiesysteem verscholen tussen kerk en Rabobank zoals in al die droeve dorpen, eindelijk gevonden hebt. Wanneer dat theater bij binnenkomst verdomd veel van een gymzaal blijkt weg te hebben, weet je het zeker. Nou ja, misschien ligt het aan mij, maar magere meisjes met Oostblok-knotjes op een balk en jongens die elkaar halfblind trefballen doen me altijd een beetje aan een gymzaal denken. Heel gek.

'O, je bent er,' zegt je technicus met een gezicht dat je niet meer van hem hebt gezien sinds die keer dat hij op zijn zaklantaarn was gaan zitten. Naast hem de stralende keurslager annex freelancetheaterdirecteur. 'Konden jullie het een beetje vinden? Ja, we hebben hier eigenlijk nooit mensen van buitenaf natuurlijk.' En dan weet je het. Dit wordt een lange, lange avond.

'Zo leuk om jou nou eens een keer in het echt te zien,' zegt de barvrouw, tevens echtgenote van de keurslager/theaterdirecteur. Ze bekijkt je met de blik die ze normaal reserveert voor ondersteboven aan een vleeshaak hangende prijsbiggen en zegt: 'Op tv lijk je veel dikker.' Vrolijk keuvelend over dat het vanavond bijna net zo vol is als toen ze hier *The Phantom of the Opera* in streektaal opvoerden, wijst ze je de kleedkamer. Die verdomd veel weg heeft van de jongenskleedkamer bij gymles, tenminste, zestien douches en achtenvijftig kleedhaakjes in één ruimte doen me, in combinatie met de geur van gedragen sportsokken en oud zaad, altijd weer aan een jongenskleedkamer denken. Heel gek. De verwarming is kapot. Er hangt een spiegel, maar het lampje erboven geeft evenveel licht als die zaklantaarn die keer dat je technicus erop was gaan zitten.

In het donker smeer je lukraak wat make-up op je gezicht. Het resultaat houdt het midden tussen een Franse chansonnière uit de jaren zestig en een meisje van de Keileweg. Je maag rommelt. Het eten van restaurant De Lange Muur dat je al vroeg op de avond hebt genoten in een sfeervolle entourage van vettige lampionnen en depressieve koikarpers doet luidruchtig van zich spreken. Volledig leeggescheten stap je straks het podium op. Zeker twee kilo kwijt. Who needs sapvasten in Turkije? Doe mij maar een efficiënte Lange Muur-kuur. In de coulissen wacht je met je muzikanten tot de inloopmuziek uitgaat. Tegen het achterdoek heeft theaterdirecteur Keurslager, opdat het publiek niet vergeet wie dit allemaal maar weer mooi mogelijk heeft gemaakt, een lachend varken geprojecteerd.

Het doek gaat op. Het licht gaat aan. Hallo, lieve mensen, hallo Hellegat!

04-05-1983

De eerste keer dat ik mee mocht naar de Dodenherdenking was ik acht jaar oud. Het was in Rhenen, bij de Grebbeberg. 'Daar is heel erg gevochten,' zei mijn vader. 'Prinses Margriet komt er ook,' zei mijn moeder.

Ik moest mijn nette lange jas aan, en mijn zwarte schoenen met leren zolen. Die knelden, en met die keurige jas kon je helemaal niet rennen. Terwijl dat juist het leukste is van een berg, dat je erop kan rennen.

'Kom maar, jongens,' zei mijn vader. De knopjes van het kinderslot klikten omhoog in de autodeuren. 'Vanaf hier gaan we lopen.'

Om ons heen liepen allemaal mensen in hun gewone zomerjack. Sommigen mochten zelfs zonder jas. 'Waar is nou de berg?' vroeg ik aan mijn moeder. 'Daar, kijk maar, liefie. Maar het is niet echt een berg. Het is een begraafplaats.'

We keken naar een veld met witte kruizen. Daar lagen de

soldaten. Zij zouden nooit meer opa kunnen worden, had mijn opa uitgelegd, en daarom moesten we straks twee minuten stil zijn. Naast me stond een oude meneer met een nette lange jas aan en een hoed op. De klok sloeg. Een merel trok zich er niets van aan, maar verder was iedereen stil. Ik probeerde aan de dode soldaten te denken. De oude man naast me zette zijn hoed af, en pakte een zakdoek om zijn tranen te drogen. Misschien lagen zijn vrienden hier wel. Ik was blij dat ik een nette lange jas aan had, anders dacht hij misschien dat ik het niet erg vond, van zijn vrienden. Had ik nu ook maar een hoed om af te doen.

Vive la republique

Op de lange lijst van Dingen Waar Ik Mij Voor Schaam neemt mijn liefde voor het koningshuis een prominente plaats in. Gedeeld derde met mijn hang naar huilen bij het Wilhelmus, zelfs als er een stugge schaats-Fries op het ereschavot met droge ogen aan zijn sponsor staat te denken. Op twee staat mijn Amerikaanse dweperigheid met de edelkitsch van Barbra Streisand en wat op één staat is zo gênant dat ik het niet zeg.

Goed. Het koningshuis dus.

Veel mensen willen vegetariër zijn, maar ze genieten zo van een gehaktbal dat ze het toch niet volhouden. Zo zou ik graag republikein zijn. Rationeel bén ik ook een republikein: ik vind dat overerfbare functies verboden zouden moeten zijn in deze verlichte tijden. Bovendien vind ik dat een familie die zich van mijn belastingcenten in sjieke staatsvliegtuigen en stijlvolle pashmina's laat hijsen ook de klasse zou moeten hebben om een andere vrijetijdsbesteding te verzinnen dan het afknallen van een hert, maar toch hou ik van ze.

Ik hou van ze omdat ze me zo vertrouwd zijn als mijn eigen familie. Juliana was net mijn oma. Mijn moeder heeft in de verte iets van Beatrix. Niet echt natuurlijk, zo beweegt haar haar bijvoorbeeld weleens en spreekt ze gewoon Nederlands, maar ik zie haar er wel toe in staat om een rapportje bij de AIVD op te vragen als een eventuele onbetrouwbare baron met haar nichtje wil trouwen. Mijn vader lijkt helemaal niet op wijlen Claus, maar dat lieve van hem, dat foto's maken van het gezin, praten met de kinderen, je druk maken over hongerend Afrika: dat is je vader. Vind ik. Daar houdt de parallel ook wel een beetje op, want als ik opschrijf dat mijn broer iets van Willem-Alexander weg heeft kijkt hij me nooit meer aan en als ik een tante had die op prinses Irene leek, dan was ik daar héél vaak gaan logeren.

Nu realiseer ik me best dat het al te oppervlakkig is om een archaïsch ondemocratisch instituut te steunen met geen enkel ander argument dan dat je oma net zo lief warrig wordt als de oude koningin dat was, maar er is meer. De Oranjes kaderen het leven, alleen maar door er te zijn. Bernhard was net zo'n kwajongen van in de tachtig als mijn schoonvader. De verlovingsfilmpjes van Claus en Beatrix doen denken aan het fotoalbum van mijn jonge verliefde ouders. Toen Leidse studenten Willem-Alexander ondergoten met chocomel terwijl ze 'chocoprins, chocoprins' scandeerden, doorliep mijn broer zijn ontgroening in Utrecht (hoewel mijn broer dus helemaal niks weg heeft van Wim-Lex, hè). En zoals mijn grootouders weten dat ze oud zijn omdat die mollige kleuter Beatrix alweer de oude koningin aan het worden is, zal ik weten dat ik oud aan het worden ben omdat Amalia de troon bestijgt. En dan zal ik vertellen over hoe we met de hele familie zo fijn hebben zitten huilen bij Het Huwelijk op 2 februari 2002.

Natuurlijk, de echte republikein staat nu op en verwijt mij terecht dat ik mijn dweepzieke identificatiedrang net als de gemiddelde Amerikaan zou moeten botvieren op popsterren en acteurs, omdat die er tenminste nog iets voor hebben gedaan. Maar Madonna lijkt gewoon niet op mijn moeder. En mijn broer niet op Brad Pitt. Het heerlijke aan het koningshuis is juist dat het niks is, behalve koninklijk. Het lijkt op een soort eeuwigdurende aflevering van *Big Brother*: je kijkt naar mensen die gewoon leven en daardoor interessant zijn. Met dat verschil dat de Oranjes weleens een boek hebben gelezen.

Boezemvrees

Achtendertig tieten. In nog geen tien minuten. En dan tel ik de aangeklede niet mee. Dan kwam ik op veertig, want Clairy Polak heeft er ook twee.

'S Nachts zappen is niet goed voor je wereldbeeld. Voor je libido ook niet. Na drie netten bleke nieuwsnerds zijn ze er ineens. Grote roze borsten. Ze zitten vast aan mevrouwen met blond haar, suggestieve lippen en teleurgestelde ogen. Vrouwen met putjes op vitale plekken (heb ik ook hoor) en een neiging die vol trots te tonen, aan de kijkertjes (heb ik dan weer niet). Alles mogen we zien, van heel dichtbij en zonder een lekkere softlens op de camera. Porno zonder filter. Brengt de gezondheid ernstige schade toe. Flikker toch wat vaseline op die lens! D'r staat vast wel een potje in de buurt, als ik de dame in kwestie zo hoor refereren aan haar mogelijkheden aan voor- en achterzijde. Als ik een jongen van veertien was, zappend van pimps-and-whores-clip naar deze gewillige dames, zou de drempel van de kelderbox ineens een stuk lager worden.

Ik hou best van borsten. Maar de gore gewilligheid waarmee ze vertoond worden, daar krijg ik een heel zuur Cisca Dresselhuys-bekje van. Politici schreeuwen moord en brand over MTV en TMF, maar wat RTL4 tot en met 37 na elven in de reclameblokken laten zien is veel schadelijker. Voor mij wel tenminste. Ik ontwikkel boezemvrees. Loop na het douchen schichtig langs de spiegel want ik kan ze niet meer zien. Vlucht de bosjes in voor vrouwen met diepe decolletés. Stop die smerigheid! Geef mij mijn tieten terug!

Design

'Dat zijn leuke stoeltjes!' riepen we, lang, lang geleden, op die druilerige dag in Den Haag. Op de stoep van een antiquairtje op de Dennenweg stonden ze. Stalen frame, witleren kussens, strakke vormen. En voor dat geld konden we ze daar echt niet laten staan, zo helemaal alleen, met z'n tweetjes. 'Mooi, hè? zei de antiquair. 'Het zijn echte Mies van der Rohe-stoeltjes. Da's een designklassieker hoor.' Hij had een vest aan en een bril op en hij praatte precies zoals Wim Kan. Dus dan zal het wel waar zijn, dacht ik. Mannen met vesten liegen niet. Nooit van gehoord trouwens, van die hele Mies van der Rohe. Maar aan haar stoeltjes te zien leek het me wel een leuk wijf.

We namen ze, natuurlijk namen we ze, allebei. En ook nog de bijpassende voetenbankjes, voor de schrik. Design, wat een bof. En dat terwijl wij het gewoon leuke stoeltjes vonden! Het is nu drie jaar en zevenhonderd woonbladen later en inmiddels weet ik dat Mies van der Rohe van voren

Ludwig heet en een Duits-Amerikaanse meneer is die legendarische gebouwen en meubels heeft ontworpen. Zoals de Barcelona-stoel, waarvan wij een imitatie van een imitatie hebben gekocht, destijds. Wisten wij veel. Het waren gewoon leuke stoeltjes. En nog. De knopen vallen er alleen steeds af, en op dat witte leer moet je niet met je nieuwe spijkerbroek gaan zitten want dan kunnen we aan de blauwe afdruk precies zien welke maat je draagt, maar verder: hartstikke leuke stoeltjes.

Als ik het had geweten, had ik ze denk ik niet gekocht. Net zoals ik nu geen sloophouten kast ga kopen die net iets te nieuw en net iets te goedkoop is. Da's geen echte Piet Hein Eek, dat zie ik zo. Piet Hein Fake, noemen wij dat thuis. Stelletje snobs. Want wat getuigt nou méér van goede smaak? Dat je weet dat iets design is en je je respect voor de kunstenaar uit door daar veel geld voor neer te leggen? Of dat je iets mooi vindt, en het wilt hebben, maakt niet uit wie het gemaakt heeft?

Het allerfijnst is het toch wel als je iets mooi vindt en dat de daadwerkelijke ontwerper daar aan verdient. En nog leuker is het als alleen jij het mooi vindt. Zo ben ik dus fan van Piet Hein Eek. Maar het huis was vol en de portemonnee was leeg en het zat er gewoon niet in. Tot we groter gingen wonen en alles anders was. De uitgefreesde sloophouten fruitschaal kon hier ineens best op tafel. En als we nou toch eens een ledikant om die lelijke boxspringmatrassen heen gingen kopen, waarom dan niet... En zo slapen wij nu tussen het steigerhout. Het materiaal kost niks, het ontwerpen, het bouwen, het in zeven lagen lakken, dat maakt het mooi. Totaal in tegenstelling met onze cultuur waarin we zo duur mogelijk tropisch hardhout door zo goedkoop mogelijke mensen laten bewerken. 'Dat je betaalt voor de arbeid, voor het vakmanschap, ja, voor de liefde eigenlijk,' oreerde ik laatst tegen mijn zwager. Hij had het huis nog niet gezien, althans, de slaapkamer niet. Ik ontvang zelden zwagers in mijn slaapkamer.

De enkeling die hem was voorgegaan had plechtig geknikt bij ons bed. 'Dit is toch design?' Ik werd er helemaal schutterig van. 'Nou ja, design. Het is gewoon een bed. En wij vinden het gewoon mooi. Dat vakmanschap, die liefde, blabla.' Mijn bed werd me een beetje afgenomen, door al die dikdoenerij, zo leek het. Als iedereen de Naam van de Ontwerper met ontzag gaat noemen, is het ineens niet meer gewoon ons bed. Maar gelukkig: mijn zwager vond het gewoon een bed. En een niet zo goed gelukt bed ook nog, als hij eerlijk was. 'Wanneer komt-ie het afmaken?' vroeg hij.

Ik heb heerlijk geslapen die nacht.

Oma

In mijn werkkamer, op de plank tussen oude dagboeken en volgeschreven Moleskines met ideeën voor conferences, staat een houten beeldje van twee jongens. Het moeten jongens van de straat voorstellen, zwervers met melodramatisch afgescheurde broekspijpen en op blote voeten. De een zit speels bij de ander op de rug. Ze stoeien. Jongens zijn het. Maar leuke jongens.

Ik was er verliefd op, op die onderste tenminste, die met die zwarte krullen, toen ik klein was en het beeldje bij mijn oma op het telefoonkastje stond. Naast een grijze telefoon met een draaischijf, met wit bedoelde maar lokaal vergeelde mond- en oorstukken aan de hoorn. 'Kees, sla jij het nommer effe an,' zei mijn oma vaak tegen mijn opa als zij iemand wilde bellen. Omdat zij geen nummers kon onthouden, en een beetje verwend was ook, door opa.

'Nommer' is geen tikfout, overigens. Zo zei ze het echt. Mijn oma droeg dure donkerblauwe vesten met een Chanel-kraag maar sprak plat Utrechts, al vond ze zelf van niet. Als mijn moeder met haar meeging naar het ziekenhuis waarschuwde ze oma in de wachtkamer altijd al: 'Je zegt "hoofd" en je zegt "benen" hoor ma!'

'Zo, mevrouw Lit, hoe is het nu met u?' vroeg de specialist dan, waarop mijn oma antwoordde: 'Ja, die kop is nog goed dokter, maar die poten, hè?'

Nu is die kop niet meer zo goed. En die poten ook niet. Ik kom net bij mijn oma vandaan, van het verzorgingshuis waar ze al jaren woont. Ze is ontzettend dement, al jaren, en gaat nu het laatste stadium in.

We zijn bij elkaar geroepen, het kan elk moment afgelopen zijn, zegt de dokter. Oma ligt op bed, en daardoor hoeven we niet in de woonkamer te zitten tussen al die mensen van wie mijn oma vroeger zou hebben gezegd: 'Als ik ooit zo word, dan douw je me maar van een berg af.' Dat beloofden wij dan. Maar we deden het niet. We zagen haar in de afgelopen jaren steeds verder wegglijden, steeds verder weg van de dame die ze was.

Dat beeldje dat op mijn kamer staat zou ik normaal gesproken hebben gekregen bij haar overlijden, wanneer een inboedel wordt opgeruimd en tantes vragen: 'Heeft iemand hier nog een emotionele binding mee?' Maar omdat haar geest al zo lang dood is en je in zo'n tehuis alleen nog maar een bed en wat trouwfoto's van je kinderen mag hebben, zijn haar spullen allang opgeruimd en weggegeven. Ik heb dat beeldje. Dat heeft ze in de jaren zestig in Italië gekocht, toen ze met opa en ome Gerrit en tante Alie en godhoe-heetten-al-die-mensen-ook-alweer voor het eerst op vakantie ging. Altijd goed gekleed, met mooie beige schoenen en een dito tasje en een vest van Lucia en haar haar zoals de oude koningin.

Nu wacht ik op een telefoontje. Ze is op sterven na dood. Letterlijk. Het enige wat ze nog hoeft te doen is ophouden met ademen, al het andere doet het al niet meer. Nu kan ik nooit meer vragen hoe zij die gehaktballen zo godverdomde lekker kreeg, en die appeltaarten. En hoe ze die pakjes maakte voor ons, toen we klein waren, en of ze er ook nog eentje voor mijn jochie kan naaien. Dat kan ze allemaal allang niet meer, er is zo weinig van haar over. Ik hoop dat ze lekker slaapt nu, en dat ze niet meer wakker wordt. En dat er dan een hiernamaals is, met mooie schoenenwinkeltjes.

Neukia

Wie niet kan sms'en is boven de tachtig of echt heel sloom. Iedereen sms't. Wie snel wil sms'en schakelt de optie 'Woordenboek' in op z'n mobiele telefoon. Hartstikke handig. Als je bijvoorbeeld 'hartstikke handig' wilt sms'en, dan hoef je niet meer eindeloos op de 4 te drukken tot je de benodigde h hebt, maar dat snapt de telefoon dan zelf. Iemand heeft dat geprogrammeerd. Lang leve die iemand. Laten we hem Jan noemen.

Jan heeft wel een paar foutjes gemaakt.

Van het woord 'wij' maakt de telefoon 'zij'. 'Me' wordt 'of'. En het allerirritantst: 'jou' wordt 'lot'. 'Ik hou van lot' heb ik dus weleens ge-sms't naar iemand die dat helemaal geen leuk nieuws vond. Maar wat is die Jan (zo hadden we hem genoemd) voor een randdebiel dat-ie het woord 'lot' als optie laat prevaleren boven 'jou'?

Ik denk dat Jan een gefrustreerde veertiger van gereformeerden huize is. Jan heeft geen vriendin. Anders zou je niet ‘jus’ maken van de optie ‘kus’. Wat een eikel ben jij, Jan! Hoe vaak moet je iemand nou iets over vruchtensap of vleesvocht sms’en? En hoe vaak sms je iemand niet een zoen toe? Jan woont natuurlijk nog bij z’n moeder, die eikel, en die stuurt haar dan tijdens de lunch (bij Nokia, Motorola of Siemens) gezellig een sms’je over dat-ie nou alweer trek in haar andijviestamp heeft, met een kuiltje jus, vriendelijke groet, Jan.

Vloeken uit Jans woordenboek is onmogelijk, hoewel ik de meest gebruikte verwensingen inmiddels handmatig heb toegevoegd. Maar het meest tekenend voor zijn taalimpotentie is wel zijn alternatief als je iemand wilt laten weten dat je in kennelijke staat van opwinding bent. ‘Heil,’ zegt Jan dan.

Three point oooh

'Er is een nieuwere versie van dit programma beschikbaar. Wilt u die nu downloaden?'

Moeilijke vraag vind ik dat altijd. Van de computer. De computer stelt sowieso veel vragen. 'Weet u zeker dat u dit programma wilt afsluiten?'

Volgens mij is de computer een vrouw. Dat constante vragen om bevestiging. 'Weet u zeker dat u dit item naar de prullenbak wilt verplaatsen?' Ja, heel zeker. Zeikwijf.

Het toppunt van dit afhankelijke mutsengedrag levert mijn iBookje als ik weer eens een internetadres verkeerd heb getikt: 'Kan www.trnghr.nl niet vinden omdat www.trnghr.nl onvindbaar is.' Wat een wijf! 'Ik kan het niet vinden omdat het onvindbaar is.' Verzin op z'n minst een smoes. Je zegt toch ook niet: 'Ik kan niet inparkeren omdat ik niet kan inparkeren.' Of: 'Ik ben een jaloers wraakzuchtig kreng omdat ik een jaloers wraakzuchtig kreng ben.' Nee, je zegt: 'Ik kan even lastig inparkeren want mijn lenzen zijn beslagen', en: 'Ik heb wat anger issues door mijn moeder.'

Goed. Een nieuwere versie downloaden. Dat moet ook met mensen kunnen. Sterker nog: dat kan ook met mensen. Zo ben ik sinds mijn vakantie Claudia 3.0. Three point o. Duidelijker, simpeler en stukken gebruiksvriendelijker.

Aan de Zuid-Chinese Zee zag ik het licht. Extreem ontspannen ben ik geraakt. De eerste dagen probeerde ik nog hysterisch te werken ('Ja, nee, schatje, ik smeer zo je rug in maar ik heb even een heel leuk idee voor het programma. Schrijf ik even op. Anders ben ik 't kwijt!'). Daarna ging ik lezen. Lekker hoor. Kijk mij eens ontspannen, mensen! Ik. Lees. Een. Boek. Natuurlijk wel een zwaar salonfähig boek als *De geschiedenis van de liefde*. En van dat Paulo Coelho-gezever dat je lekker op jezelf kunt betrekken met je overwerkte kop. Toen ook alle meegebrachte verantwoorde literatuur op was, werd het troep uit de resortbibliotheek. Door Nederlanders achtergelaten pulp. Besmuikt, met het gevoel alsof ik werd betrapt terwijl ik net het peeskamertje van een lichtekooi verliet, las ik *Eenzame erfgename* van Sidney Sheldon en *De Cock en een veld papavers* van Appie Baantjer. Bah. Wat lekker. En in één gaap uit. Van ellende ben ik overgestapt op de Zweedse raadsels, en het was daar, boven de *Puzzelkampioen*, dat ik die diepste staat van zenonstpanning bereikte die mij Claudia 3.0 maakte. Het ene inzicht na het andere kreeg ik, op de strandstoel.

Papegaai, drie horizontaal: ara.

Meer mezelf zijn, terug in Nederland.

Haven, drie verticaal: ree.

Meer nee zeggen.

Open plek in het bos, drie horizontaal: tra.

En aardiger zijn. Hoffelijker. Het werkt zo heerlijk.

'What is the dutch word for excuse me?' vroeg de serveerster, nadat ze ons voor de vierduizendste keer 'Excuse me' had toegefluisterd, want 'Excuse me', hier is uw lunch, hier is uw cocktail, hier is uw hemel.

We wisten het niet. Het heerlijke, bruikbare 'Excuse me' kent geen Nederlands equivalent. En dat is tekenend. 'Pardon' of 'sorry' zeggen wij, als we ergens langs willen. Gejat uit het Frans en uit het Engels en ook altijd een beetje pinnig uitgesproken, iemand ondertussen met de boodschappentas in de rug duwend. 'Neem me niet kwalijk' is Hollands, maar dat zegt niemand meer. Gewoon een term die duidelijk maakt: 'Hoi, ik besta, ik zit misschien even in je private space maar ik bedoel het niet rot.' Dat hebben wij niet. Van armoe gebruiken we toeter en vinger, maar 'excuse me' schiet zo veel meer op.

Laat los, die toeter! Haal neer, die middelvinger! Zwaai. Begin een revolutie. Download jezelf in een nieuwe versie. Word ook 3.0! En als je een woord weet te verzinnen voor 'Excuse me' kan je een prijsje winnen. 3.0-software. Hele zachte.

Chicklit

Tussen droom en daad staan praktische bezwaren. En vier frozen margarita's. De lege glazen stonden als bewijsstukken tussen haar en haar baas in. Na een lange dag op de uitgeverij had ze zich toch weer laten verleiden.

'Nee Roy, ik moet het niet doen,' had ze voor de vorm nog gezegd.

'Waarom niet? Jij komt altijd zo gezellig los van een margaritaatje.'

'Beetje te gezellig. Beetje te los.'

'Te los bestaat niet,' begon hij. 'Te los is goed. Te los is te gek.'

'Niks waar "te" voor staat is goed,' imiteerde ze haar moeder.

'Behalve tequila,' zei hij. En daar moest ze dan weer zo om lachen. What the hell. Dan word ik toch gewoon dronken. Dan word ik toch aanhankelijk en dan maakt hij daar toch misbruik van en dan heb ik morgen toch spijt. Nu is nu. Nu is een overdadig gedecoreerd Mexicaans restaurant waar je door de lichtgevende Maria's de mozaïektegeltjes niet meer ziet. Nu is een beeldschone man met beeldschone handen met beeldschone vingers waardoor je de trouwring niet meer ziet. Nu is zo veel margarita's dat je het afstapje naar de wc niet meer ziet.

Vallen was niet het woord. Het was meer kletteren. Aan veertien tafeltjes deden mensen hun best hun lachen in te houden. In haar schimmige halfdronken staat probeerde ze zichzelf nog heel even wijs te maken dat dit niet was gebeurd, dat dit maar een gedachte was aan wat zou kunnen gebeuren als ze niet oplette en het afstapje miste, maar haar geest trapte er niet in. Haar lichaam ook niet trouwens. Het gat in haar panty rond de knie begon rood te kleuren.

Ze sleepte zichzelf overeind en vluchtte richting toilet om de verdere schade op te nemen. Haar ogen zagen er een beetje vochtig en verbaasd uit, maar dat kon ook door de drank komen. Diezelfde drank die ervoor zorgde dat ze als een lomp kind op haar knie viel, midden in deze Frida Kahlo-hallucinatie van een restaurant. Diezelfde drank die ervoor zorgde dat ze niks had gebroken, want totaal ontspannen benen breken niet. Maar panty's wel. Verdomme. Ze had nog wel die opzichtige omslaglaarzen aangetrokken waarvan haar homovriendje Jean-Marc zei dat ze zó last season waren. Jean-Marc kon haar nog meer vertellen. Nu waren ze ideaal, die omslaglaarzen. Als ze ze terugsloeg, vielen ze precies over de gehavende knie. Errol Flynn, eat your heart out.

'Wil jij nog een toetje?' vroeg Roy. Ze keek naar z'n ogen. Een onschuldige blik richting dessertkaart. Gelukkig. Mannen die het nagerecht als metafoor voor seks gebruikten vond ze echt te goedkoop.

'Nee, dank je,' zei ze.

'Ik ook niet. Hoorde je net trouwens die klap? Iemand viel zich echt een breuk! Ik kon het helaas net niet zien hier.'

'Goh,' zei ze, en ze trok haar laars nog wat verder op.

'Maar goed, ter zake nu. Ik vind dat we echt nog een enorm segment laten liggen in ons huidige pakket. We bedienen de mannelijke lezer, de oudere literaire lezer, alles, maar niet de snelle jonge vrouw. We moeten iets gaan bieden aan de chicks die in slaap vallen van het eindeloze Marianne Fredriksson-geneuzel.'

'Maar Roy,' zei ze, 'denk je nou echt nog dat we aparte literatuur in hapklare brokken moeten produceren voor vrouwen? Dat ze te stom zijn voor een boek, gewoon een boek zonder grappig getekend vrouwtje op hoge hakken op de cover? Gewoon een boek zonder de woorden "shopping", "chocola" of "single" in de titel?'

Roy zuchtte. 'Ja, schat. Dat denk ik. En ik denk dat jij zo'n boekie kan gaan schrijven. Gewoon, iets leuks over een grietje dat vrijgezel is en domme dingen doet, je weet wel.'

'Maar wat stel je je daar dan bij voor?' vroeg ze vertwijfeld.

'Ach schat, gewoon van dat wijvengelul, je kent het wel. Meisje flirt met haar baas, gaat uit eten, drinkt te veel, valt op haar muil in het restaurant, ze praten nog wat over het werk en daarna gaat ze met hem mee...'

'Oud nieuws! Daar is toch helemaal niemand meer in geïnteresseerd?'

'Tuurlijk wel. Alles vreten ze. Al zou je opschrijven hoe de uitgever en de schrijfster hardop met elkaar zitten te lachen om zo veel stomheid, dan nog!'

'Echt?'

'Let maar op. Hahahaha!'

'Hahahahaha!'

Uit: *Voorvocht*, van Ronny E. Pelsteel

Lessons in survival

Radeloos van liefdesverdriet had ik me opgegeven.

'Ja hoor, dat wil ik wel, leider zijn,' antwoordde ik in een waas van tranen toen mijn oude gymleraar een rondje oud-leerlingen belde om te vragen wie er mee kon op survival met vwo 5, want 'collega De Vries was door zijn rug gegaan en nu was er niemand van de sectie Lichamelijke Oefening die mee kon, naar de Ardennen'.

Ik wilde dolgraag. Wat moest ik anders? Het was uit. Mijn hart was twee weken geleden gebroken, en het vertoonde nog geen enkel teken van herstel. Mijn eerste grote liefde en ik waren uit elkaar, en ik dacht niet dat ik ooit nog van iemand zou houden. Ik was net gewend aan, nee, durfde net te geloven in de gedachte dat er iemand anders dan mijn ouders genoeg van me kon houden om met mij in één huis te willen wonen. Nu lag ik in zevenendertig kleine stukjes op de grond en niets hielp, zelfs muziek niet meer. Deze kans om fysiek mee te maken wat er mentaal met me aan de hand was, kon ik niet laten lopen. Survival. Net wat ik nodig had.

Jaren geleden was ik ook mee geweest, naar de Ardennen. Als leerling. Mijn beschermde opvoeding, die me tot dan toe had behoed voor gevaar en ongemak, bleek geen voordeel. Nooit geleerd dat water in een veldfles echt op is als jij 'm leegdrinkt, ook al moet je nog drie uur lopen. Nooit eerder aan een steile rotswand gehangen, met het besef dat ik, als ik niet precies het touw aan het tuigje in mijn kruis bevestigde zoals de instructeur net nog had voorgedaan, niet heldhaftig zou abseilen voor het bewonderend oog van mijn klasgenoten maar als een pudding te pletter zou vallen op de Belgische klei. Nu kon ik niet meer vragen: 'Mama, doe jij het?' zoals ik deed als er voor handvaardigheid een blouse gebatikt moest worden, of: 'Papa, schrijf jij een briefje dat ik ziek was?' Nu moest ik het zelf doen.

Het deed me goed.

En of het me deze keer weer goed zou doen of niet deed er niet toe; ik moest hoe dan ook weg. Mijn grote liefde, die ik nu heel wereldwijs 'mijn ex' moest gaan noemen, woonde om de hoek en we hadden de nare gewoonte elkaar op te zoeken om ons beider liefdesverdriet te stelpen. Dat hielp niet.

Nachten gedrenkt in drank en citaten, eindigend in het bed waar het allemaal begon. Alsof je te vroeg aan het korstje op je kapotte knie bent gaan krabben. Ouwe wond. Opnieuw bloed. Afblijven. Wegwezen.

Dan maar met van die verwende Gaastra-kinderen uit de Betuwe door regenachtige bossen lopen, weg van hier, weg van haar, maar met haar winterjack bij me – zogenaamd voor de warmte maar eigenlijk voor de geur die erin hing, die geur van haar huis, haar parfum, van hoe ze kookte. Overdag liep ik in die jas. 's Nachts sliep ik in die jas.

'Wat ben jij voor sterrenbeeld?' vroeg Jaap. Toen ik nog op school zat was Jaap mijn biologieleraar. Nu deelden we een tent, en een groep onzelfstandige zestienjarigen. We liepen richting het bivak voor die nacht. Het regende. Natuurlijk regende het.

'Vissen. Maar ik geloof daar niet zo in.'

'Hm. Vissen. Voetveeg hè, in de liefde.'

'Ja?'

'Ja. Heel sterke persoonlijkheid, maar als ze eenmaal van iemand houden... een totale deurmat. De ex-vriend van mijn vriend was ook zo.'

'Goh. Nee. Dat herken ik nou helemaal niet.'

'Juf?' Al was ik maar vier jaar ouder dan zij, de leerlingen stonden erop op mij 'juf' te noemen.

'Ja?'

'Zijn we d'r al?'

'Bijna. Uurtje lopen nog.'

'Een uurtje? Jezus. En is daar dan een telefooncel?'

Het is voor latere generaties ondenkbaar dat de mijne nog weet hoe het voelt om ongewenst onbereikbaar te zijn. In die dagen moest je een telefooncel vinden, precies de juiste telefoonkaart hebben om in dat land te bellen, en dan nog de mazzel dat de mensen die je zocht daadwerkelijk *thuis* waren. Ik had geen telefoonkaart. Ik hoefde niemand te bellen.

'Maar jij hebt dat niet, dus?' Jaap liet niet los.

'Wat?'

'Dat je een deurmat wordt, dat je probeert het de ander heel erg naar de zin te maken, altijd op te vrolijken, dat je denkt dat je ze wel even gelukkig zult maken?'

Ik dacht aan het doosje antidepressiva op haar keukentafel, en aan hoe ik altijd een smiley maakte van de o in Seroxat.

'Nee hoor. Helemaal niet. Moeten we hier naar rechts?'

We sliepen buiten. Er was geen telefooncel. De leerlingen waren nog onzelfstandiger dan ik destijds was.

'Hé maar juf, ik wil theezetten, maar hoe moet dat dan hier zo?'

'Hoe bedoel je?'

'Gewoon.'

O ja, dat is waar ook. 'Gewoon' is wat je als puber zegt wanneer je bedoelt: 'Ik heb geen idee, help me in godsnaam, nu!' Dit meisje wist 'gewoon' echt niet hoe je water kookte. Wauw. Vwo 5. Dit moest ooit arts worden, of advocaat, of staatssecretaris.

'Nou, je doet water in een pannetje, kijk, en dan doe je zo het gas open, hier – en heb je lucifers?'

'Eh...'

'Je hebt toch lucifers gekregen? En touw en zo? Neem de mijne maar. Hier. Zo. En nou maar wachten tot het kookt.'

'En hoe weet je dat dan?'

'Wat?'

'Dat het kookt?'

Ongelooflijk. Dit meisje had nog een lange, lange weg met een heel ingewikkelde eerste grote liefde voor de boeg.

'Heb je dan nog nooit thuis een kopje thee gezet?'

'Jawel.'

'En hoe weet je dan dat het kookt?'

'Dan zegt-ie "klik".'

'Wie?'

'De waterkoker.'

De leerlingen moesten een vlot bouwen, die dag. Jaap verdeelde ze in twee teams, zes voor hem en zes voor mij, en het team dat als eerste droog met z'n vlot aan de overkant van de rivier was hoefde die avond niet te koken. Jaap hield niet van koken.

'Oké jongens, eerst die grote planken kruislings bevestigen aan de vaten, met een gewone paalsteek. Weet iemand wat een paalsteek is? Thom, jij hebt bij de zeeverkenners gezeten? Heel goed.'

Mijn team zat met grote ogen te kijken. Jaap had een mooie verdeling gemaakt. Ik zat opgescheept met de types die als laatste gekozen worden bij gym.

'Juf,' durfde een lijzige jongen, 'wat moeten we doen?'

Omdat ik ook geen idee had hoe je van vier lege benzinevaten, zes stokken en twee touwen een zeewaardig vlot moest maken, ging ik maar een beetje quasipedagogisch aan de kant zitten zwijgen.

'Juf?'

'Kom op, jongens, jullie moeten het nu echt zelf doen.'

'Ja maar jezus juf, wij weten toch ook niet hoe dit moet?'

'Kom op, jongens, je zit hier wel om iets te leren hè! Beetje zelfstandig.'

'Ja, maar hoe dan?'

'Gewoon.'

Ik had geen idee. Maar als in de slotscène van een Amerikaanse highschoolkomedie over een team vol nerds dat tegen alle verwachtingen in de Superbowl wint, zegevierden mijn sukkels. Jaaps team zonk. Thom van de zeeverkenners had de paalsteek verward met de achtlus, en hij was er ook eigenlijk al vier jaar vanaf, van de zeeverkenners, trouwens, o sorry Jaap. Mijn team had maar wat aangerommeld, gekeet, per ongeluk een deugdelijk vlot gemaakt, maar midden op de rivier elkaar alsnog in het water gegooid van pure euforie. 'Dan koken we toch gewoon samen! Whoehoe!'

'Zie je wel dat jullie het kunnen! Ik zei het toch,' loog ik.

De zon scheen op onze natte haren. Mijn lichaam tintelde nog na van het koude water en de verse adrenaline. Verderop was een Stube met Stella Artois van de tap. Het leven was goed.

Ik had een heel half uur niet aan haar gedacht.

'Ken je "More Than Words"? O, die vind ik zo te gek, "More Than Words"!'

Door kou en laatste-avond-romantiek durfden de jongens hun armen om de meisjes te slaan. Jaap had een gitaar georganiseerd, en speelde bij het kampvuur de liedjes waar hij al sinds 1974 leerlingen mee in vervoering wist te brengen. Ook deze kinderen, waarvan zelfs hun ouders de Beatles niet hadden meegemaakt, zongen vol overgave mee met 'Hey Jude'.

'Wesley kent "More Than Words"! Jaap, geef de gitaar eens door!'

De zolen van mijn bergschoenen begonnen langzaam te smelten. Mijn gezicht gloeide, mijn rode oren stroomden vol met meisjesstemmen die probeerden al hun gevoel, al hun verlangen, al hun opgekropte tienerromantiek in het zingen van deze nineties-draak te leggen.

Then you wouldn't have to say,
that you love meeeee,
cause I'd already knohoooooow!
Ladadiedaaaah dadiedahadahdah
More than words...

'Godverdomme wat vals,' zei Jaap terwijl hij naast me kwam zitten. Ik had niet eens gemerkt dat hij weg was geweest.

'Even naar huis gebeld.'

'O. Werkte dat nou, met die telefoonkaart?'

'Ja, deze wel. Godsamme zeg, daar moet je eerst een verzoek in drievoud bij het postkantoor voor indienen en dan met de burgemeester naar bed, maar dan heb je ook wat. Wil jij ook even?'

'Met de burgemeester naar bed?'

Ik wilde niet naar huis bellen. En wel. Ik had geen anker, geen baken, ik was totaal op drift, en dat drijven begon zo langzamerhand wel lekker te voelen.

'Bel d'r nou gewoon even. En je ouders. Kom op.'

Ik belde eerst mijn moeder. Save the worst for last.

'Ha liefie, is het leuk?'

Is het leuk?! Mijn god. Ik geloof dat ik voor mijn vertrek niet helemaal duidelijk was geweest over mijn gemoedstoestand. Then again, welk deel van het woord 'klote' begreep ze niet?

'Ja, heel leuk.'

Mijn moeder was dolblij dat het uit was. Wat is het toch aan partners met een drankprobleem en een voorliefde voor antidepressiva dat niet zo lekker valt, bij moeders?

'En het weer?'

'Heel goed.' Mijn kaart raakte leeg. Nog maar zeven tikken. Als ik nu niet ophing kon ik haar niet eens meer bellen.

'Ik moet weer terug naar het kampvuur, mam, ik bel wel als ik thuis ben.'

Ik beefde, had moeite de juiste cijfers in te drukken.

Nul-nul-eenendertig. En dan de nul weg van het netnummer, en dan het telefoonnummer zoals ik het al duizend keer gedraaid had. Mijn hart sloeg over. De gedachte aan die rinkelende telefoon op haar tafel, en dat zij daar zat, aan diezelfde tafel waar we zo vaak aan hadden gezeten, gegeten, gedronken, die tafel waarop we meer dan eens...

Ze nam op.

'Hé!'

'Hé. Met mij.'

'Hoe is het daar?'

'Goed wel.' (Ik mis je. Neem me terug.)

'En met jou?'

'Goed hoor. Ik moet zo werken. Heb je nog wat aan die jas?'

'Ja, is heel lekker. Warm.'

'Oké. Hou anders maar hoor.'

'Oké.'

'Oké. Hé, ik moet gaan. Mijn dienst begint. Anders wordt Theo weer kwaad.'

Natuurlijk. Ze moest werken, achter de bar in het café waar ik haar ontmoet had, en waar vanavond ongetwijfeld een ander meisje – of een jongen, wat maakte het uit – zou proberen haar mee naar huis te nemen.

'Dag.'

'Kom je langs als je terug bent?'

'Ja. Dag.'

Ik stapte de telefooncel uit en liep het paadje af. De witte kiezelstenen reflecteerden het licht van de volle maan. Ik liep, keek om – en zag niemand. Dit was het. Dit is het. Dit zou het altijd zijn. De enige van wie ik zeker wist dat ik er mijn hele leven mee te maken zou hebben, was ikzelf. Van niemand anders, zelfs mijn moeder niet, kon ik verwachten dat ze zouden blijven. Maar ik was er. Ik zat in een dal –

letterlijk nu, om me heen waren de bergen – en keek omhoog. Zakte op mijn knieën tussen twee bomen, zag de maan, de sterren, de bergen en geen mens behalve mezelf en ik voelde me volstrekt veilig en volmaakt gelukkig.

Warme vakvrouw

Het was een heel sjiek feest. De dames droegen hoeden. De belangrijkste mensen uit de politiek, het zakenleven en de society waren er. En ik dan.

In een hoekje, enigszins detonerend met een iets te casual jasje en een iets te kekke hoed.

Ik ga zelden naar publieke feestjes. Dan moet je kleren aan en make-up op en daar mag dan iedereen ook iets van vinden. En omdat ze nu een foto van je hebben bij De Bladen verzinnen ze af en toe iets over je, anders blijven ze maar zitten, met die foto. Dus rukken ze iets uit een interview met een Echt Blad, trekken dat uit de context en maken daar een stukje van dat niet helemaal waar is, maar ook niet helemaal gelogen. Ook een vak.

Heel soms ga ik dus naar een publiek feestje, als degene die me uitnodigt Heel Lief is. En dat was bij het hele sjieke feest het geval. Ik was uitgenodigd door de liefste man van de wereld. En had het naar mijn zin.

Belangrijke mensen zijn best aardig, bleek. Ze zijn óf heel interessant óf heel lachwekkend. Dus altijd de moeite van een praatje waard. En nooit de moeite van verlegenheid, of al te groot ontzag; het zijn ook maar mensen. Behalve één: de Warme Vakvrouw. Iedereen kent haar. Jarenlang heeft ze zich, na een carrière in het felle studiolicht, teruggetrokken in de schaduw van haar eigen legende. Als kind wilde ik haar later worden. Iedere vrouw die iets doet op televisie wordt op zeker moment getipt als haar opvolger, maar geen kroonprinses haalt het bij de koningin van de televisie. En dat is zij. Ze zag er, inmiddels in de zeventig, fantastisch uit. Alle dames op het feest droegen een sjieke hoed, maar zij niet. Sjiek genoeg van zichzelf. En lekker dwars, op je zesenzeventigste. Ik wilde haar de hand schudden. Soort van dankjewel zeggen: 'Als u er niet was geweest...'

Ik stond net gezellig te keuvelen met de Verdomd Aardige Kamervoorzitter toen de Warme Vakvrouw voorbij kwam stekkeren. 'Sorry,' hijgde ik tegen mijn gesprekspartner, 'ik moet dit even doen.' Ondanks het feit dat ik een kleine vijfenveertig jaar jonger ben, hield ik de Warme Vakvrouw niet bij. Moordend wandeltempo. Jarenlange publiekefeestjeservaring, natuurlijk. Zo gewend smachtende blikken te ontwijken dat ze mij vakkundig niet zag en steeds een pas of vijf voor mij uit liep. Ik stond op een tweesprong. Stoppen met de achtervolging, en dan compleet afgaan voor iedereen die toevallig net keek en zag dat ik onverrichter zake terugkeerde? Of doorgaan, de Warme Vakvrouw aanspreken, en alsnog compleet afgaan?

De verlossing kwam van de Verdomd Aardige Kamervoorzitter: 'Zal ik je even voorstellen?' zei hij. Vooruit. Ik had mijn trots nu toch al ingeslikt, opgebraakt en weer teruggeslikt. De Warme Vakvrouw was inmiddels in gesprek met haar goede vriend, Meester Prins. Meester Prins was getrouwd met een prinses maar zelf een burger. Gelukkig had hij ooit rechten gestudeerd dus konden we hem Meester noemen, anders klonk dat zo kaal, naast Prinses. Meester Prins en de Warme Vakvrouw stonden geanimeerd te kouten. De Verdomd Aardige Kamervoorzitter en ik stonden er een beetje buiten, zoals op de middelbare school als je niet bij een groepje was. Stel dat iemand zich even zou omdraaien, of uitrekken desnoods, dan leek het net of je erbij hoorde. Ik wilde dood.

'Kom, ik stel je even voor,' zei de Verdomd Aardige Kamervoorzitter. Godzijdank. Dan was deze hele helletocht niet vergeefs geweest. Even de hand schudden van de Warme Vakvrouw, 'dankuwel' zeggen en in ganzenpas naar de bar voor een driedubbele wat-dan-ook zonder ijs.

De Verdomd Aardige Kamervoorzitter maakte zich op om in te breken in het gesprek van Meester Prins en de Warme Vakvrouw. Best lastig nog, zonder hamer. Hij schraapte zijn keel. 'Ahum. Mag ik je even voorstellen, Claudia de Breij; Meester Prins.' Meester Prins! Ik werd voorgesteld aan Meester Prins! Ontzettend aardige man, maar wat de fuck zeg je tegen Meester Prins? Gelukkig introduceerde de Verdomd Aardige Kamervoorzitter mij met een lofzang op mijn werk en Meester Prins keek goedwillend. En totaal blanco.

'Zo. Dus u doet nogal veel?'

Lieve man. Schat aan publiekefeestjeservaring. Maar wat vraag je terug? Je kan moeilijk zeggen: 'En wat doet u eigenlijk voor de kost?' De Warme Vakvrouw reikte mij de hand, stelde zich voor en we babbelden wat. *We babbelden wat*. God weet waarover. Had een monitor mijn hersenactiviteit weergegeven, dan was het beeld gevuld met een lange, liggende streep. Flatliner. Voor ik mijn tegenwoordigheid van geest terug kon vinden, maakte de Warme Vakvrouw aanstalten weer aan een van haar snelwandelexercities te beginnen.

'Wacht even,' zei een fotograaf, die aan kwam rennen met de geërecteerde telelens in de aanslag. 'Even een plaatje van jullie samen.' De fotograaf bedoelde het goed. Echt, hij bedoelde het goed. Toen de Warme Vakvrouw vroeg: 'Voor welk blad is dit dan?' en hij vreesde dat het hele plaatje dan niet doorging, toen bedoelde hij het goed toen hij zei: 'Nergens voor, hoor. Gewoon voor Claudia zelf.'

Dingen die fijn zijn (in de zomer)

- Het aangenaam klamme gevoel van na een warme dag 's avonds nog buiten zitten. Met goeie wijn. En leuke mensen. En dat het dan vochtig wordt, en dat je dan een trui te leen krijgt van die leuke mensen. En dat die je zo onverwacht goed staat, die trui, dat je hem per ongeluk een heel klein beetje achteroverdrukt. En dat de leuke mensen dat dan helemaal niet erg vinden, dat die zeggen: 'Hou maar joh, die trui, hij staat jou eigenlijk veel leuker!'

- Hoe hoogzomer het ruikt in je ouderlijk huis op wat vroeger jouw kamer was. Waar je moeder inmiddels haar naaikamer van heeft gemaakt, of een goedlopende zonnebankstudio uitbaat, of een petit restaurantje heeft geopend, maar toch. Het ruikt er nog steeds naar bloesem, naar warme dakpannen, naar hooi en wasverzachter en naar op-wie-zal-ik-nou-eens-verliefd-worden-deze-zomer-want-in-de-klas-zit-er-niemand-leuheuks.

- Hoe je eruitziet met dat precies goeie jurkje dat je dan ook de godganse zomer draagt zodat het volgend seizoen afgedragen en gedateerd is als een goedkoop Italiaans zomerhitje. Maar ook even hard van genoten.

- Hoe je ruikt, naar verbrande huid, naar zand en naar Sun van Jil Sander.

- Hoe aangenaam debiliserend het zonlicht is voor je hersenen. Ineens lijkt het helemaal niet meer zo verontrustend wat Al Gore allemaal beweert. 't Is toch lekker weer? Dat lost de aarde zelf heus wel weer op hoor, die hitte. En als het zo goed voelt, dan kan het toch niet fout zijn? Wat ook opgaat voor dat derde wijntje. Of die eerste zoen. Als het zo goed voelt, dan kan het niet fout zijn. Door de zomer geloof je het allemaal, en kraam je gemeenplaatsen als 'dood gaan we toch' uit terwijl je mét een sigaret, zónder zonnebrand toch tussen twaalf en drie in de zon gaat zitten.

- Hoe lekker zacht de vloer binnen is als je de hele dag op blote voeten buiten hebt gelopen. Hoe heerlijk koud de keukenvloer, hoe glad het parket, hoe wellustig wollig het kleed. Nog zo'n sensatie: in je bikini buiten zitten. Warm en wazig naar binnen tollen. Je op de bank, die een klein beetje prikt maar nét lekker, laten vallen. Slapen. Wakker worden met het motief op je gezicht. Douchen en uitgeslapen uitgaan.

• Hoe helemaal verliefd je op je vakantie weer kan worden op je verkering. Die je al had! Dus gratis, op de koop toe, nog eens een keer verliefd zonder veroveringsgedoe want deze had je al! En dan echt suf vakantie vieren. In familierestaurants zitten, maar met buitenlandse families dus dan geeft het niet. Een stukje wandelen na het eten. 's Ochtends naar *het bakkertje* gaan. In drie weken tijd weer eens helemaal bijgeneukt raken. Kerkjes bezoeken ook al hou je daar helemaal niet van, maar er is zo veel vakantie, zo veel tijd, dan bezoeken we toch lekker een kerkje. Dan steken we toch een kaarsje op. Dan denken we toch aan oma. Dan gaan we toch gelijk langs, als we terugkomen, en we gaan thuis net zo zuiver eten als ze hier doen, en we gaan elke dag wandelen ook, en wacht, we maken een lijstje met goeie voornemens achter in jouw puzzelboek. En dan lachen we daar volgend jaar op vakantie weer net zo hard om als we net nog deden om het lijstje van vorig jaar.

The luckiest people in the world

Als klein meisje had ik twee dromen. Een voor mezelf en een voor de wereld, want zo'n kinderbijbelchristen was ik wel.

'Dat het met Kerst vrede wordt en dat ik Barbra Streisand ontmoet.'

Twee dromen. Ik weet niet welke ik het eerste heb opgegeven. Ik denk Kerst. Maar Barbra vond ik erger. Ze zal nooit voor je optreden, tenzij je een van haar beste vrienden bent. Of een democratische presidentskandidaat. Beide toch vrij onwaarschijnlijk voor een Hollands grappenmaakstertje.

Au. Je neerleggen bij de onmogelijkheden van je leven, hoe triviaal ze ook lijken, is een beetje doodgaan. Daarom hou ik ook zo van Streisand. Haar hele oeuvre ademt een woedende wilskracht. Niets is onmogelijk. Alles kan. 'With all there is, why settle for just a piece of sky?' Probeer alles, ga overal face forward in en eens in de zoveel tijd stoot je dan maar je neus. Wat in het geval van Barbra natuurlijk vrij onontkoombaar is.

Nu zit ik met een gigantische jetlag na te zinderen van de avond van mijn leven. God bestaat. En Zij ging nog één keer op tournee. In tegenstelling tot alle eerdere shows die ik voorbij moest laten gaan omdat je met je studiefinanciering net naar Dronten kon om Arie Ribbens te zien, kan ik het dit keer betalen, Barbra in New York. Hoewel ik er ook met liefde een klein raampje op de wallen voor had gehuurd, voor de ongelofelijke thrill van op rij 2 zitten in Madison Square Garden met Oprah Winfrey voor je op rij 1. En Her Best Friend Gayle d'r naast, allemaal met samengeknepen billen voor Het Moment: Barbra komt op. En zingt.

Ik heb zo veel films, foto's en plaatjes van haar gezien dat ik niet geloof dat ze echt is. Ze is zo Barbra Streisand dat ze wel een imitator lijkt. Het publiek roept: 'We love you Barbra', en: 'Welcome home', en zij reageert met: 'I love you too' en: 'Why thank you, that is so nice', en het is glijmiddel, ik weet het, maar ik geniet.

'I'd marry you even though I'm gay!' roept een jongen. Het publiek lacht. 'What did he just say?' vraagt Barbra. Een jongen voor me herhaalt het, maar Barbra, ook alweer vierenzestig, verstaat het nog niet. Ze komt voor onze rij staan en vraagt het nog eens. 'He'd marry you even though he's gay!' roept mijn betere zelf, mijn inner Superman die wél weet hoe je moet timen, goed Engels moet spreken en stemvolume moet maken in tegenstelling tot de Clark Kent die ik meestal ben op zo'n moment. Barbra kijkt me aan en gooit haar hoofd achterover van het lachen. 'There are gáy people here?' punchlinet ze geroutineerd.

Ik ben volmaakt gelukkig. Oké, ik herhaalde alleen maar een grap, maar toch. Barbra lachte om iets wat ik zei. Waarbij het niet eens gaat om het lachen, voor mijn part was ze gaan kotsen van iets wat ik zei. Ze was er, en ik ook. Tegelijk, van alle tijd en ruimte die er is. Tegelijk.

'People', 'Evergreen', 'Somewhere', schoenen uit want ze zwikt zo, stukje kritiek op George Bush en de onvermijdelijke republikeinse hecklers die erdoorheen gaan praten. Streisand ontploft: 'Would you shut the fuck up?' Het Amerikaanse publiek is verbijsterd, maar applaudisseert. Dit is waar ik voor kwam, de boze, briljante vrouw op blote voeten die ze moet zijn geweest in de rokerige nachtclubs van de jaren zestig. Ze verontschuldigt zich voor haar uitbarsting, maar citeert toch even André Gide: 'I think an artist's goal is to disturb.' En dat doet ze. Schijt aan het softe repertoire, schijt aan al het geld dat ze al heeft: ze moet dit doen, ze moet dit zeggen, ze kan zich niet neerleggen bij de eventuele onmogelijkheden van haar leven.

Het maakt mij niet meer uit als we op de terugweg gekaapt worden, ik heb mijn moment meegemaakt. Weer een droom om weg te strepen. En tegen iedereen die zegt dat het ook deze Kerst geen vrede wordt, roep ik op blote voeten: Shut the fuck up!

Een goeie nazi

'Tsja,' zegt de conducteur. 'Dat wordt betalen. Je voordeel-urenkaart telt pas vanaf negen uur. En je bent om acht uur negenentwintig in de trein gestapt.'

'Tsja,' zeg ik. Nazi, denk ik.

'Wat je kan doen is in Roermond uitstappen, een nieuw kaartje kopen voor elf euro en dan pak je de volgende trein. Anders moet je mij nu zevenendertig euro betalen.'

'Ja, maar ik kan echt niet uitstappen nu. Om twaalf uur begint mijn uitzending.'

Het is wel waar, maar het voelt toch ook een beetje fout. Beetje Gerard Joling die zegt: 'Zal ik anders effe "Shangri-La" voor je zingen, dan lullen we nergens meer over, toch?'

Wat Gerard Joling trouwens nooit zou doen. Dus kan je nagaan wat een ordinair type ik eigenlijk ben. 'Ik moet de uitzending in.' Snolletje.

De conducteur is zóóó not impressed en schrijft een boete uit. Altijd hetzelfde met eikels in uniform. Ik wist het ook eigenlijk. Op het moment dat ik het kaartje uit de automaat trok wist ik het. Ach, ik neem de gok, dacht ik krenterig. Ik druk op de toets ‘met korting’. Ik zit tweeënhalf uur in deze trein van Maastricht naar Hilversum. Dan zal het toch op een gegeven moment wel daluur worden. Het scheelt toch vijftien euro.

De conducteur moet even een nieuw bonnenboekje gaan halen. Ah. Misschien laat-ie me lopen. Op een charmante manier, dat moet gezegd. Of toch niet. Daar is hij alweer. Met z’n bonnenboekje. En z’n pet. En z’n fluit. En z’n glimlach. ‘Niet je dag hierdoor laten verpesten, hè?’ zegt hij. Dolgelukkig ga ik me een uurtje zitten schamen.

Groot schrijfster

'Ik mag na sluitingstijd in het Anne Frank-huis!' juichte ik al dagen. Ik was zo blij. Ik, met mijn WOII-fascinatie en mijn Anne Frank-fetisj, was door de NOS gevraagd om een stukje uit het dagboek van Anne Frank voor te lezen in het Achterhuis. Na sluitingstijd. Die woorden, daar ging het om: na sluitingstijd.

'Je doet godverdomme net of het de Efteling is,' zei een vriend van me met weinig historisch besef en een voorliefde voor de Python.

Ja, maar ja. De Plaats Waar Het Allemaal Gebeurd Is. Dat doet toch iets.

Toen ik *Het Achterhuis* voor het eerst las, was ik een jaar of acht. Ik was een voorlijk, enigszins zwaar op de hand meisje dat aan haar moeder vroeg of ze een hoed op mocht naar de dodenherdenking op de Grebbeberg, want dan kon ik die even plechtig afzetten als ik die oude huilende meneer had zien doen, vorig jaar. Kortom. Historisch besef, zou je kunnen zeggen, maar evengoed: gevoel voor drama. Wat het ook was, het was een diepgevoeld en integer besef dat er Iets Heel Ergs was gebeurd dat nooit vergeten mocht worden.

Toen ik negen was, las ik het dagboek weer, en toen ik tien was, en ieder jaar tegen het einde van april zodat ik hem op 4 mei uit had en mooi in de stemming was voor twee minuten overtuigd zwijgen. Want dat moest, vond ik. Je mocht niet zomaar een beetje aan je biologieproefwerk gaan staan denken, tijdens die twee minuten, of aan Patrick uit de vijfde en of je daar morgen verkering aan zou vragen, via Miranda, met een briefje, zodat je altijd nog kon zeggen dat het niet van jou was, en gewoon een stomme grap van haar omdat je heus heel geen verkering met hem wou, echt niet, echt niet.

Een keer of vijftien, of misschien nog meer, herlas ik het boek. Steeds weer onder de indruk van niet alleen die oorlog en dat verraad, maar vooral van het boek op zich. Van de onvergelijkbaar frisse schrijfstijl, van de diepe inzichten, en vooral van het feit dat ze zo hetzelfde was, die Anne, als ik. En als al die andere dweepzieke, licht melodramatische meisjes van over de hele wereld die zich identificeerden met Anne Frank en daar, net als ik, in de loop van hun adolescentie overheen groeiden.

Ik koos een fragment om voor te lezen, deed mijn Carice van Houten-achtigste jurk aan (gek hè, als het iets met de oorlog te maken heeft, doe ik altijd mijn Carice van Houten-jurk aan) en ging naar het Achterhuis. Na sluitingstijd.

Ik was op de kamer van Anne, waar die dag ongetwijfeld

nog honderden Amerikanen en Japanners doorheen hadden gesloft, en waar het behang een fotokopie was van Annes behang op dat ene stukje na waar plexiglas overheen was geplaatst. Gek idee. Dat je zo'n plek des onheils kunstmatig, als een soort Efteling, moet onderhouden om te zorgen dat mensen niet vergeten wat er gebeurd is. Ik las een stukje voor, op de plek waar Anne het schreef, over dat ze zo van Cissy van Marxveldt hield (ik ook) en dat ze het later beslist haar kinderen zou laten lezen. Ik was weer onder de indruk van het boek. Van de stijl, van de inzichten, van het onvoorstelbare talent.

'Ze was beslist een groot schrijfster geworden,' besloten de mevrouw van de Anne Frank Stichting en ik. 'Zo'n tijdgenoot van Harry Mulisch,' mijmerde ik. 'Zo'n dwarse oude vrouw, zo'n Judith Herzberg-achtige, mooie vrouw die nu te pas en te onpas zou worden lastiggevallen of ze een quoteje over Geert Wilders wil geven. Ik zie haar zo zitten, naast Mulisch, op het Boekenbal.'

'Ah, daar is Harry net,' zei de mevrouw van de Anne Frank Stichting. 'Wat denk jij, Harry, was Anne een groot schrijfster geworden?'

'Neuh,' zei Mulisch.

Nu is de oorlog echt voorbij.

Julij

From: Claudia@burnout.com
To: Esmeralda@TravelDelight.com
Subject: boeking

Lieve Esmeralda,

Als we het nou eens zo doen dat ik morgen bij jou op het reisbureau langskom, en dat we dan eerst eens op ons gemak, onder het genot van een kopje Sterrenmix, wat brochures door gaan bladeren. Jij kunt dat altijd zo heerlijk met zo'n natgemaakte wijsvinger, zo flatsflatsflats, is dat tentamenstof bij MBO-toerisme? Ik raak er altijd enorm van in de vakantiestemming. Ken niemand anders die zo bladert, behalve de meisjes van het reisbureau. Zo'n natte vinger die de pagina's zelfklevend omslaat, alsof de reisgids anders haar geheimen lekker voor zichzelf houdt. En af en toe laat je mij dan iets zien, een azuren zee bijvoorbeeld en dan zeg je: 'Hier ben ik ook geweest, in Lambia, hele lieve mensen,' en dan knik ik. En dan weer een plaatje van een kobaltblauwe lucht met een rieten parasol met zo'n mokkel met een kokosnoot eronder, en dan zeg jij van: 'Kijk, Gaos, ook heel leuk, komen helemaal geen Nederlanders.' En dan kijk jij weer eens naar de beschikbaarheid en dan bel je nog eens wat collegaatjes en dan zet je het wachtmuziekje op de speaker, lekker Toto met 'Pamela' of zo, en ik doop mijn café noirtje in de Sterrenmix en raak met de minuut meer ontspannen. Dan gaan we van die hele kleine lettertjes met tarieven bekijken waar ik niks van snap, dat vind ik ook altijd zo razend knap van je en dan ga jij weer zo lekker zeggen van Juno en Julij. Dat is het hoogtepunt. Het summum van vakantievoorpret. Niks Juni of Juli, nee, alsof we allemaal van vermoeidheid het verschil tussen een N en een L niet meer verstaan maak je er 'Juno' en 'Julij' van. Zo gezellig. En dat we dan uiteindelijk na vierenhalf uur kiezen voor een 17-daagse wandel-trektocht door Pathos en dat ik dan wel betaal, inclusief alle verzekeringen en garantiefondsen die je kunt verzinnen en dat je mij dan de reisbescheiden ook echt opstuurt maar dat ik dan gewoon lekker thuisblijf? Net als vorig jaar?

Zie je morgen dan, bedankt voor je medewerking weer en de groeten aan Karin, Giselle en Xantippe,

Je Claudia

Goeie spullen

Ach, lingerie. Het woord belooft hete nachten van zwart kant, maar meestal ligt het gewoon in je la ondergoed te wezen. Lingerie is het spannendst als je het nog niet aanhebt, maar net hebt gekocht. Je sleept het in een discreet tasje aan je hand door de stad terwijl de dampende verwachting zingt in je hoofd: O la la, o la la, mensen! Als jullie toch eens wisten wat ik in mijn tas had! Moeders, houd uw zonen binnen!

Eenmaal thuis valt het altijd tegen. De jarretelles knellen om je dijen waardoor je welvingen krijgt waar je ze niet moet hebben, de kanten beha is leuk doorzichtig maar zo zonder je vertrouwde kipfilets valt er niet zo veel te kijken en brrr, wat is het koud zonder kruis.

Ik doe er niet meer aan. Het resultaat is te verwaarlozen want het wordt toch pas echt leuk als je het uit hebt. Waarom eerst het hele Sprookjesbos door als je eigenlijk gelijk in de Python wilt, zeggen wij in de Efteling dan.

Lingerie moet er vooral heel goed uitzien ónder je kleren. En dan geef ik you girls out there twee woorden: Victoria's Secret. Ik haat beha's kopen, behalve in Amerika. Je wordt bij binnenkomst direct onderschept door een hoogblonde Mary Ann of diepzwarte Kenisha met een oortje in. 'Hi, welcome at Victoria's Secret, how can I help you?' Ik stoethaspel dan iets over dat ik wel een diepe cleavage wil, maar ook een beetje lekkere ronde jopen natuurlijk, waarop Kenisha naar haar oortje grijpt en zegt: 'Kenisha for Mary Ann... Mary Ann, hi there, it's Kenisha. This lady here needs the supersexy seamless bra', en ze stuurt je naar een paskamer zo groot als de Livera in Amstelveen. Daar staat Mary Ann op je te wachten. 'Hi, you want a cleavage but you also need a nice curvy look on the outside?' en ze duwt je vijf beha's in je handen, allemaal goed. Hoewel Mary Ann daar zelf nog niet zo van overtuigd is. Om de twee minuten klopt ze op je deur (die op slot is, want je hebt een slot, op je Livera Amstelveen-size kleedkamer, een echt slot!) en vraagt: 'Are you okay in there?'

En of je oké bent, in there. Wat kun je toch schofterig blij worden van spullen. Van goeie spullen dan. Maar dat mag je niet hardop zeggen, want dat is materialistisch en oppervlakkig. Rare regel. Ik kan soms even gelukkig worden van een echt goeie beha als van een liedje van Lou Reed. Op vakantie ben ik even blij als ik een kolibri in het echt zie (wauw!) als wanneer ik mijn Samsonite voor de zoveelste keer ongehavend van de bagageband zie rollen. Ja! Daar isie weer! En ze hebben hem weer niet stuk gekregen, die dekselse schavuiten van een koffersmijters!

Toch gek, dat ik bijna schroom om dat soort merknamen te noemen omdat er zo'n ranzig gesponsord luchtje aan hangt als je dat doet. Terwijl ik oprecht geniet van eerlijk betaalde, goeie shit. Als je na al die chagrijnige petite wijven van Air France ineens weer in een KLM-toestel wordt verwelkomd door een stevige, Hollandse stewardess. Blauw pakje, brede glimlach, dito heupen: ik ben weer thuis. En ik heb weer vijf sexy seamless bra's in de koffer. Moeders, houd uw zonen binnen!

You gotta move

Je bent natuurlijk niet wijs als je de telefoon op gaat nemen terwijl je al lekker samen in bed ligt, maar ik kon het niet laten. Er kon wel iets met oma zijn, of misschien een vriend in nood, of belangrijker nog: een goeie roddel.

Maar nee. Het was KPN, goedenavond. Ik was opgestaan, mijn warme bed uit gegaan, had mijn geliefde in bittere kou en eenzaamheid achtergelaten voor 'KPN, goedenavond. U heeft jarenlang gebeld via KPN en nu bent u naar een andere provider gegaan en dat vinden wij bij KPN natuurlijk ontzettend jammer.'

Voor mijn geestesoog zag ik mannen in driedelige pakken aan een vergadertafel zitten huilen. Ik heb een zwak voor bedrijven van vroeger. Zo'n Wegenwacht, daar hou ik van. Gekrenkt zie ik hoe Route Mobiel onze lieve oude Wielrijdersbond benadert. Als een lekker jong wijf dat even uit haar sportwagen stapt om opa met een opgerolde *Kampioen* van zijn herenrijwiel te slaan. 'Hier, ouwe gek, met je blad dat niemand leest, haha!' Bitch. Ik vind de *Kampioen* een heel nuttig blad. Altijd een vrolijke cover met fietsende mensen om op de grond te leggen als je aan het schilderen bent.

'Nu mag ik u namens KPN een aanbieding doen!' juichte de telemarketeer aan de andere kant van de lijn. 'Dan moet ik even wat gegevens van u noteren. Heeft u er bezwaar tegen als ik de rest van dit gesprek opneem?' Opnemen? Heb ik nou de ouwe trouwe KPN aan de lijn of de KG fucking B? Als het oude niet meer betrouwbaar is, hoef ik er niet meer bij te horen. You gotta move.

Arremoeig

Ik heb het eerder gezegd: ik ben een reservevrouw. Als alle vrouwen op zijn, nou vooruit, dan bel je mij.

Een reservevrouw is iemand die liever gaat paintballen met de jongens dan, lekker gek, met de meiden op paaldanscursus. Een reservevrouw draagt weleens een geil jurkje met goeie hakken, maar als ze dan mysterieus door het restaurant wil lopen, valt ze. In de draaideur. Rondes lang. Een reservevrouw doet wel aan make-up, maar het blijft redderen.

Waar andere meisjes in de puberteit door hun moeder werden teruggeroepen voor ze naar de disco mochten ('Eerst met groene zeep en een washandje die smerige troep van je gezicht, je lijkt wel een hoer!') vroeg mijn moeder regelmatig: 'Clau, wil je soms niet eens wat make-up op? Het mag best.'

Mijn moeder is geen reservevrouw, maar een Hele Echte. Met dagcrème en nachtcrème en oogcrème en camouflagestift en dekkende make-up. Als je op, laten we zeggen, dinsdagochtend om half negen bij haar aanbelt, doet een volledige gecoiffeerde, voorbeeldig opgemaakte, in keurig mantelpakje gestoken dame open. Op bijpassende schoenen. Nooit op pantoffels. 'Moet je ergens heen?' vragen wij dan. 'Nee. Maar ik denk: ik kleed me lekker aan. Anders word je zo armoedig.'

Dat is het ergste wat een vrouw kan doen, in her book: er armoedig bij lopen. 'Arremoeig', zegt ze, als we onder elkaar zijn. Wat dat is, kun je zien als je op, laten we zeggen, dinsdagochtend om half negen bij míj aanbelt. Ten eerste bel je me wakker, gek. Half negen! Da's geen tijd, pour une artiste. (Dat ik de avond daarvoor niet heb opgetreden, want dat doe ik zelden op maandag, doet nu even niet ter zake. Je bent een artiest. Dan ben je niet om half negen uit bed. Je moet wel je vak een beetje serieus nemen, vind ik.) Dan doe ik dus open, in pyjamabroek en T-shirt (winter) of ochtendjas met niks d'r onder (zomer). Ochtendjas met niks d'r onder klinkt misschien nog verleidelijk, in de verte, maar maak je geen illusies: het is een groezelige, onsexy, badstof ochtendjas, maat 156, want ik heb 'm sinds mijn elfde. Op de mouwen zitten koffievlekken. Want waarom zou je een doekje pakken als je koffie op het aanrecht morst wanneer er van die handige badstof mouwen zijn? Die hele badjas is al een vaatdoekje. En ik ook. Het hoofd erboven is gezwollen en verkreukeld, met lippen Connie Breukhoven-size (dat zet 's nachts op, waarom weet alleen de Heere Heere) en ogen als John de Mol vóór de operatie. Bovenop een soort helm van haar.

En als je me de kans geeft, loop ik tot ik per se onder de mensen moet, tegen elven, zo rond. Jaloers op de jongens. Die hoeven alleen maar te douchen, iets met hun haar, iets onder hun oksels en klaar weer. Wil ik eruitzien zoals ik denk dat ik eruitzie, dan moet ik douchen, föhnen, stylen, oogcrème, dagcrème, touche éclat, gekleurde crème, poeder, blusher, wenkbrauwpotlood, doorzichtige mascara voor volume, zwarte mascara voor een gezichtsuitdrukking, eyeliner, oogschaduw, lippenstift, lippengloss. En dan nog eens touche éclat. Voor dat natuurlijke stralende.

En het stomme is: dan nóg zie ik eruit alsof ik er niks aan gedaan heb. Want zo zie ik er nou eenmaal uit. Maar ik moet steeds meer moeite doen om er überhaupt uit te zien alsof ik er niks aan gedaan heb. Als ik er namelijk niks aan doe, zie ik er niet uit alsof ik er niks aan gedaan heb, maar alsof ik drie dagen en nachten heb lopen huilen, gedrenkt in wodka. Ach, was ik maar een jongen. Ik geef me over. Make-up moet. Ook voor een reservevrouw.

Setje nieuwe matten

Ik kan niet afdingen. Vol bewondering hoor ik ze aan, de succesverhalen van bevriende sjacheraars. 'Betaal jij vierenhalf procent voor je hypotheek? Hahahaha! Vierenhalf! Jij hebt niet onderhandeld. Ik betaal, Sharon, wat betalen wij? Anderhalf procent. Anderhalf! Kregen we d'r nog een dvd-recorder bij ook.'

Ik ben die sukkel die altijd gewoon betaalt wat het kost, waardoor de keukenknaller zijn volgende klant weer een spectaculaire korting kan geven. 'Nou mevrouwtje, ik had hier net iemand en die betaalde twintigduizend voor deze zelfde keuken. En daarom kan ik hem u voor de helft aanbieden! Haha!'

Ik kan het niet, maar ik wil ook niet afdingen. Die keukens, daar schijnt dan 'een enorme marge op te zitten'. Moet ik dan echt aan zo'n Brugman-type met zo'n Gakopak en een Mickey Mouse-stropdas gaan vragen: 'Zeg, ehm, hoe heet je? Anton. Leuke naam. Anton, wij kunnen samen toch wel wat regelen?' Ik vind het zo vernederend. En ik ben er te lui voor ook. Nachtenlang surfen om de goedkoopste digitale camera uit Japan te laten komen, rechtstreeks via de dealer? Gedoe. Laat mij maar naar een trieste elektronicazaak gaan waar een puisterige puber met evenveel knopjesexpertise als mijn tante Greetje mij voor drie keer de internetprijs hetzelfde toestelletje verkoopt. Met de belofte dat hij er best wel een nieuw rolletje in wil doen, als deze vol is.

In het vliegtuig zit ik ook altijd naast die hippe meid die deze vlucht naar New York voor twee euro zestig heeft geboekt, inclusief luchthavenbelasting. En die prachtige Prada's? EBay. Vijftien euro.

Eén keer heb ik het geprobeerd, afdingen. Ik kocht een nieuwe auto en 'die nieuwe auto's, die kan je wel voor de helft krijgen van wat ze vragen!' wisten alle ooms. Zeker ik, want die auto die ik wilde kopen* daar reed Sita (wie?) ook in en die had hem helemaal gesponsord gekregen! En ik kwam toch ook weleens op het Mediapark? De theorie: 'Wat je moet doen is lachen. Als ze de prijs zeggen, eerst gaan lachen. En weglopen. Daarna onderhandelen. Minstens eenderde kan eraf, en laat je niet afschepen met een setje nieuwe matten!' De praktijk: 'Goh, leuke auto ja. Wat kost-ie nou? O. En kan daar nog wat, eh... Niet. O, oké. Setje nieuwe matten. Hé, te gek, dank je wel.'

* waarvan ik de naam niet noem, hadden ze me maar korting moeten geven

Ik kan niet afdingen, maar láten afdingen vind ik ook moeilijk. Toen ik ooit op Koninginnedag moest onderhandelen over wat mijn oude zooi moest kosten, faalde ik ook weer jammerlijk. 'Wat kosten die glaasjes?' vroeg een buurvrouw, wijzend op de Xenos-lijn uit 1993. 'Vijftig cent.' Verbaasd keek ze me aan, een glimlach onderdrukkend. 'Echt? Nou, doe ze dan allemaal maar.' In de multicultiwijk waar ik woonde wordt op zo'n dag duidelijk dat het ook een beetje in je genen moet zitten, afdingen. Diezelfde glaasjes werden eerder op de dag al kritisch bekeken door mijn toenmalige Marokkaanse buurvrouw. 'Kosten ze?' 'Vijftig cent buuf,' stelde ik voor.

'Vijftig? Ha. Twintig.' Ik kan mezelf sowieso niet serieus nemen als ik iets voor vijftig cent verkoop, laat staan als ik ook nog eens moeilijk moet gaan doen over een verlies van dertig cent op mijn vraagprijs. 'Tien cent, maar dan wil ik er niks meer over horen!' riep ik in een poging de belachelijkheid van deze onderhandeling aan te tonen. Beledigd liep mijn buurvrouw weg. Hier kon zij niet om lachen. Onderhandelen is een serieuze zaak, en daar valt niets op af te dingen.

Just do it

Zo'n joggingbroek. Je weet wel. Dat ding dat je aantrekt als je uit je werk komt, omdat je er zo lekker mee op de bank kunt krullen. Die broek, die grijze, met die uitgelubberde knieën en die vetvlekken rond je kruis. Wist je dat die eigenlijk verzonnen is om makkelijk mee te kunnen bewegen? Gek hè. En het schijnt nog lekker te zijn ook, als je het eenmaal doet.

Dat 'als je het eenmaal doet', daar zit een beetje het probleem. Niets is zo lekker als hardlopen langs het strand, maar voor je jezelf dat vakantiehuisje uit hebt weten te trappen, weg van de warmte en de gezelligheid en de scrabble en de borrelnootjes, is het al donker. Wonderlijk principe toch. Dat het ons evolutionair wel heel goed is gelukt om bepaalde dingen die je moet doen om in leven te blijven met veel plezier te doen (eten, neuken, slapen) maar dat sporten ergens tussen de mensaap en ons in is blijven hangen. Hoe kan iets wat lekker én goed is toch zo veel moeite kosten?

Omdat we te veel gewend zijn, denk ik. Als ik een glas wijn neem, voel ik me ontspannen, vrolijk, en zelfs al een beetje licht in het hoofd (slappe drinker als ik ben), terwijl ik minstens acht kilometer moet rennen voor er een hele lichte *runner's high* optreedt. Dat lekkere gevoel, dat heel subtiel stonede waardoor het lijkt alsof je lichaam rent en jij alleen maar hoeft toe te kijken. Ook lekker. Maar wijn gaat sneller.

We zijn te veel gewend, te veel entertainment ook. Zie ons nou staan, op de crosstrainer, kijkend naar *As The World Turns*. Hoe moet dat er voor historici uitzien, over honderd jaar? Hoe meewarig moet de Geert Mak van 2110 in de camera kijken om uitdrukking te geven aan de absurde triestheid van de sportende mens in het eerste decennium van de eenentwintigste eeuw? We rijden onszelf met de auto naar de sportschool om daar omringd door spiegels en in afschuwelijk licht op een loopband te gaan staan doen wat we ook buiten hadden kunnen doen, door heen en weer van en naar de sportschool te rennen. Je ziet het pas als je zelf niet meedoet. Wanneer ik er zelf niet op sta, valt me pas op hoeveel zo'n stepapparaat met een plasma-tv ervoor weg heeft van een rad, je weet wel, zo'n lief klein tredmolentje voor in het hok van je hamster. Omdat het beestje geen kant op kan en zich kapot verveelt van evolutionaire afstomping, gaat-ie af en toe maar van ellende op dat ding lopen rennen. Hij moet toch wat.

Sporten vereist niet alleen fysieke, maar vooral mentale kracht. Welke moderne mens kan het aan om een uur (kom op, laten we zeggen een uur) lang niet te kunnen communiceren of vermaakt te worden? Want dat is het grootste nadeel, en dus voordeel, aan sporten. Je moet het even één uurtje lang doen met jezelf, je lichaam en vooral: je gedachten. De telefoon is uit, de televisie staat misschien wel aan maar je kunt er niet echt geconcentreerd naar kijken en als er al muziek is, dient die alleen maar om jou tot nog hogere prestaties op te stuwen.

Briljante marketingstrategen moeten dat zijn geweest bij Nike toen ze die slogan bedachten: Just Do It. Meer zit er niet op. Je hebt pech, je leeft in een tijd waarin je je voedsel niet meer zelf hoeft te ploegen of te schieten, maar waarin je lichaam zich evolutionair nog niet aan die werkelijkheid heeft aangepast. Zet een holenmens in een Albert Heijn: binnen anderhalf uur eet-ie zich dood. We zijn nog steeds geconditioneerd om op te slaan voor slechtere tijden, maar de slechtere tijden komen maar niet. Jammer. Dus zit er maar één ding op: Just Do It. En hoe vaker je het doet, hoe makkelijker en lekkerder het wordt. Net seks.

Kom. Ik ga eens een stukje hollen.

Meer dingen die fijn zijn

- Op zolder een dekentje tegenkomen van toen je klein was, en dat het nog precies zo ruikt

- Heel vroeg opstaan omdat je naar de Efteling gaat

- Een kind dat gevallen is vasthouden en zeggen: 'Kijk eens, *Barbapapa* op tv', of: 'Ja, daar loopt de buurman, zwaai maar', en voelen hoe hij vergeet te huilen

- Mee kunnen komen met de pasjes bij bodypump/pilates/poweryoga

- Niet mee kunnen komen met de pasjes, maar in de spiegel zien dat je nog niet eens de lompste van het groepje bent

- Een vriendelijke buschauffeur

- Een eersteklastreincoupé voor jezelf alleen
- Overal in durven, in de Efteling
- Een goeie kont hebben in je spijkerbroek
- Met allemaal van die goeiige vaders 's ochtends vroeg bij de bakker staan voor lekkere verse broodjes
- Dat je haar heel goed zit en je moet nog ergens heen waar je indruk wilt maken
- Dat je haar heel goed zit en je moet nog ergens heen
- Dat je haar heel goed zit
- Van die ouderwetse witte plastic tuinstoelen bij je oma, en hoeveel lekkerder die zitten dan die hippe hardhouten loungeset in je eigen tuin
- Kunnen lopen op hele hoge hakken
- Een half uur staan ouwehoeren bij de kaasboer
- Overdreven veel geven aan een collectant
- Bij een concert zijn, en dat de artiest track vier van zijn debuutalbum speelt, wat-ie nooit doet, omdat het helemaal geen hit was, maar toevallig wel jouw liedje

- Een idee hebben dat nooit iemand anders eerder had

- Een idee hebben dat misschien wel iemand anders eerder had, maar jij nu voor het eerst

- Een idee hebben

‘Ze was zo zacht dat ik niet kon voelen waar ze begon.’

Zestien zal ik zijn geweest. Het was zomer.

Het was zomer, ik was zestien en ik las *Twee vrouwen*. Ik las het in bed en ik las het in bad, ik las het in de speeltuin terwijl het driejarige meisje waar ik op moest passen uit het klimrek kletterde. Ik las het één keer, huilde een kwartiertje en las het toen voor de tweede keer. Ik las het in de loop der jaren een derde, een vierde, een zesentwintigste keer. Soms maar tot pagina 150, omdat ik dan kon doen alsof het wél goed afliep.

Daarna las ik alle andere boeken van Mulisch. En als ik zeg alle, dan bedoel ik echt alle, zelfs dat belachelijke *De compositie van de wereld* waarin de Heere Harry nu eens op zijn gemak navertelt hoe hij dat destijds heeft gedaan, die schepping. Het is een pseudowetenschappelijk werkje waar je naar moet vragen in de boekhandel en nadat ze je veertien keer hebben geprobeerd af te schepen met *De ontdekking van de hemel* (what’s in a title) krijg je het meest lezersonvriendelijke boek uit het oeuvre van de grote man. En zelfs dat is te gek, want zoals Mulisch het zelf fijntjes stelde in een interview: 'Ik ben nou eenmaal een groot schrijver. Daar helpt geen moedertjelief aan.'

En zo is het ook. De grootste, punt. Uitroepteken! Komma, vooral omdat hij die wonderlijke combinatie belichaamt van meesterverteller en hyperintellectueel. Hij weet alles (of heeft in ieder geval overal over nagedacht) en etaleert dat graag, maar minstens zo graag vertelt hij een goed verhaal. Of beter gezegd: de kennis ís het verhaal. Vorm is inhoud.

Er zijn mensen die Mulisch daarom haten. Om dat altijd alles zeker weten, dat arrogante, dat belachelijk zelfverzekerde van hem. Ik smul ervan. Want ik geloof hem niet. Natuurlijk, Mulisch is groot en dat weet hij zelf ook, maar iedereen die groot is en het er zelf bij moet zeggen is eigenlijk ook een lief klein pluizebeestje met een pijp.

Uit Mulisch' werk blijkt die kleinheid echter zelden. Zijn personages kennen wel zwakheden, maar zijn nooit afhankelijk. Als ze al problemen hebben – die hebben ze per definitie, anders krijg je nooit een mooie roman – dan beleven ze die op een uiterst mannelijke, onafhankelijke manier. Zo'n beetje als Herman Brood drugsverslaafd was. Die wist dat te brengen alsof het geen zwakte was maar een verworvenheid, iets stoeremannerigs waar wij allemaal te provinciale tutjes voor waren, maar als wij het ook zouden durven, man, dan konden wij ook 'Saturday Night' spelen en hele serviezen beschilderen voor de Bijenkorf.

Zo zijn Mulisch' mannen altijd.

Maar dan. Zijn vrouwen. Zijn Twee Vrouwen. Laura en Sylvia. Een round character en een flat character. Orpheus en Eurydice, voor wie de diepere laag van het boek ook graag wil snappen. Twee vrouwen en één liefde.

Volgens een chagrijnige schrijfster uit die tijd (het boek is geschreven in 1975, toen ik nog in het wiegje lag waar nu mijn zoon in slaapt) gaat het boek niet over twee vrouwen, maar over één man: Harry Mulisch. Alsof dat erg zou zijn! Wat een zeikwijf. Alsof de liefde tussen twee vrouwen alleen begrepen en beschreven zou kunnen worden door een vrouw! Onzin. Liefde is liefde, en daarom is *Twee vrouwen* mijn lievelingsboek: er zijn twee geliefden, en omdat het verhaal erom vraagt zijn het twee vrouwen. Niet omdat Mulisch een lesbisch pamflet (brrrr) wilde schrijven, niet omdat het op dat moment *en vogue* was om 'liever lesbies' te zijn. Gewoon, om het verhaal te vertellen.

En in dit verhaal laat Mulisch zich voor een keer van zijn andere kant zien. Want je moet toch wel een man met een aanhankelijk hart zijn om deze prachtige zin te schrijven:

'Zij was zo zacht dat ik niet kon voelen waar zij begon.'

Ik heb de zin wel drie keer gelezen, destijds, voor ik begreep wat Mulisch bedoelde. Waar zij begon? Waar zij begon met wat? Deed ze iets, een liefdeshandeling, iets waarvoor Mulisch te sjiek is om het bij de naam te noemen (maar vast niet om het te doen)? Nee, Mulisch gebruikt het werkwoord 'beginnen' hier op een bijna kinderlijke manier: 'waar zij begon' is letterlijk 'waar zij begon', waar haar lichaam was, waar de lucht ophield, waar zij een stukje van de wereld vulde. Wie zo schrijft – terwijl hij alle woorden van de wereld kan kiezen – laat zijn masker vallen. Mulisch laat Laura liefdevol verbaasd zijn, aanhankelijk en zowaar: eenvoudig. Zoals de beste liedjes altijd de simpelste zijn, zoals de componist uitblinkt door de noten die hij weglaat, zo toont Mulisch hier zijn meesterschap.

Disneyland on ice

Voor de deur was een meisje gevallen. Zo'n meisje op de fiets door de kou naar haar stomme stageplaats. Ze voelde aan haar hoofd en keek naar haar fiets die op straat lag, met zo'n aanstellerig nog draaiend wiel. 'Kutfiets,' zei ze.

Ik was in mijn gympen geschoten om haar te helpen. Wie bij mij voor de deur valt is mijn verantwoordelijkheid, daar ben ik heel principieel in. Mijn gympen waren nog warm van het hardlooprondje waar ik net van terug was.

'Gaat het?' vroeg ik.

'Ja. Ik geloof het wel,' zei het meisje. ''t Is ineens zo glad, hè?'

Dat had ik gemerkt. Toen ik begon met joggen leek het nog hele koude regen maar er viel gewoon ijs uit de lucht, los ijs dat op de grond samenkwam en de straat veranderde in een gezellige schaatsvereniging. Stug probeerde ik door te hollen maar ik zag eruit als een pasgeboren hertje op het ijs. 'Glad, hè?' zei een meneer met een hondje. Het hondje zag er eigenlijk ook uit als een pasgeboren hertje op het ijs. En die meneer ook. Het was een wereld vol Bambi's. Gezellig. 'Pas op hoor, 't is glad!' riep ik tegen voorbijgangers die me dankbaar toeknikten.

Eenmaal binnen, achter het raam, keek ik naar de mensen. En zij keken naar het ijs alsof ze Friese rayonhoofden waren. Gissend naar de dikte, gespannen of het zou blijven liggen. Om de vijf meter viel wel iemand. En voor mijn deur het meisje. Ook zij leek op Bambi. 'Wil je niet even zitten? Gaat het wel? Bloed je niet? Hier, ik zet je fiets overeind!' zei ik. Stampertje.

Lieve Amalia,

Deze week zag ik je in de sneeuw. De Nederlandse pers mocht haar jaarlijkse schoolreisje naar Lech declareren dankzij gezellige plaatjes van jouw vader, je moeder en je kleine zusje. 'Amalia!' riepen ze.

Fotografen roepen graag namen, omdat ze willen dat je in juist hún lens kijkt. Dat staat gewoon het leukst, net alsof je zelf ook heel graag op deze foto wilde. Dat hoort bij het vak en dat leer je later wel.

Jouw moeder is er heel erg goed in. Toen ze net iets met jouw vader had riepen alle fotografen haar opgewonden toe. 'Máxima! Máxima!' en dan keek ze razend charmant in de lens. Heel, heel in het begin, toen ze net stiekem als gast op je oma's verjaarsfeestje kwam keek ze nog echt om, omdat ze dacht dat iemand die haar riep haar ook iets te zeggen had. Nu glimlacht ze geroutineerd in de richting van het geluid. Des te eerder is ze ervanaf en dan kan ze weer lekker met jou gaan sleeën of après-skiën met papa.

De fotografen roepen jou nu ook. 'Amalia!' roepen ze, terwijl jij je zusje een kusje geeft. 'Ja?' zeg jij. Niemand antwoordt. Wat gek. Als mama 'Amalia' roept, dan zegt ze daarna: 'Kom je lekker eten?' Als papa 'Amalia' zegt, dan roept hij daarna: 'Kom 's hier, dan gaan we die sneeuwpop omgooien! Zeg maar Boem, oom Edwin!'. Maar deze mensen zeggen alleen: 'Amalia!' Weer zeg je: 'Jahá!' Wat een sukkels. Wat een stom spel is dit.

Goed dat je het niet meespeelt. Nog niet.

Kluis en haard

Het was een mooie dag toen we de sleutel kregen. De zon strooide toepasselijke feestverlichting door de vergeelde lamellen die de notaris in 1986 zo vreselijk hip hadden geleken voor zijn kantoor. Opgewonden zaten we aan zijn bureau. De notaris met zijn serieuze wenkbrauwen, wij met ons hoerahoofd en het verkopende echtpaar met een weemoedige blik.

'Dan is het nu tijd voor de sleuteloverdracht,' zei de notaris op een wil-het-bezoek-nu-afscheid-nemen-toon. Het was mooi weer, die man heeft vast een bootje ergens, die wil ook naar huis, dacht ik nog.

De sleutel. Tadaam. Plechtig overhandigde de voormalige heer des huizes ons een roestig rood stalen doosje. In een vorig leven was dat nog eens een warm bedje voor vierentwintig Ritmeester-sigaren geweest maar nu lagen er twaalf sleutels, een zwarte knoop en een dubbeltje in. Een echt dubbeltje! Uit de tijd dat geld nog echt geld was. Toen je portemonnee nog niet vol zat met die rare euro's die je altijd zal blijven beschouwen als peso's of lires en die je helaas voorgoed met de bijbehorende vakantienonchalance zal blijven uitgeven.

Zeker wanneer het om je huis gaat. Wanneer het toch al om duizenden euro's gaat, neemt er een gevaarlijk soort onverschilligheid bezit van je. Vergelijkbaar met het effect van een fles prosecco vóór het eten. Ach, wat kan ons het schelen. Wat is dat toch voor mechanisme? Ik kan een zak biologische amandelen terug in het schap zetten omdat ik voor dat geld nog liever mijn eigen amandelen knip en door de muesli flikker, maar zo gauw een bedrag boven de drie nullen uit komt, heb ik geen grenzen meer. De hypotheek? Een ton bijlenen? Ach welja, we zijn nou toch al over ons budget heen en na ons de zondvloed en je werkt er toch hard voor, ja toch niet dan?

Geld voor je huis geldt niet als geld. Je maakt jezelf wijs dat het alleen maar de waarde vermeerdert en dat het dus een heel verantwoorde investering is, die nieuwe badkamer. Maar eigenlijk was die andere nog prima en in de altijd weer courante kleurschakeringen zwart en wit, terwijl jouw azuurblauwe tegels er eigenlijk alleen maar liggen omdat ze je zo aan de vakantie doen denken. En je nieuwe bad staat er eigenlijk alleen maar omdat je het zo'n vies idee vindt, die vorige bewoner, in jouw bad, met z'n behaarde hol.

En zo is er altijd een reden, denk ik terwijl ik aan de keukentafel zit te spelen met het metalen sigarensleuteldoosje. Er past er niet één van de twaalf meer op ons huis.

We hebben nieuwe sloten. Je weet het nooit. Boze ex-minnaars van de vorige bewoonster (niet dat die een affaire had hoor, maar stel) of een dronken terpentinealcoholist van Oost-Europese origine (niet dat we Poolse schilders hadden hoor, maar stel) jan en alleman kan wel een sleutel hebben. Ik gooi ze alle twaalf weg, en leg er de zeven nieuwe in die ik heb laten maken. Als ik er zes nam, kreeg ik er één gratis. De knoop mag ook terug in het doosje. En het dubbeltje, nadat ik het nog eens heb omgedraaid.

3x toeteren

Toen ik een jaar of tien was, zo in het midden van de jaren tachtig, was je in het dorp waar ik woonde niet jarig tenzij er voor je gestencild was. Stencils, zo noemde je toen slecht gekopieerde velletjes die op bomen en lantaarnpalen hingen te verregenen om kond te doen van een op handen zijnde verjaardag. Vaak werd de persoon in kwestie vijftig. De familie zocht een grappige (of lelijke – vaak ging dat prachtig samen) foto uit, zette eronder 'Hoera! Gerrit 50!' of 'Bep ziet Sara, 3x toeteren' en dan wist het hele dorp dat er alweer een leven niet voor niets was geleefd. Zo was het goed.

Later, toen ik allang naar de stad was verhuisd, gingen ze ook stencils ophangen als mensen veertig werden, of dertig, of achttien, godbetert! Schandalig. Ik kan mijn kont ook niet keren, dacht ik laatst toen ik het dorp weer eens in reed om mijn zoon bij zijn oma, mijn moeder, op te halen. Daar speelt hij in de box waar ik vroeger in speelde, slaapt hij in het bedje waar ik in sliep en wordt hij gewiegd in de armen die mij droegen. Onvoorstelbaar. Ik weet nog hoe dat ledikantje er van binnen uitzag. Hoe de spijlen om me heen op wacht stonden, hoe het speeldoosje klonk als mijn moeder aan het koordje trok voor ze de kamer uit liep en hoe overstuur ik was als ze me niet gelijk hoorde als ik wakker was.

Ik weet zelf nog hoe het is om kind te zijn, maar nu heb ik er een. Ik word oud. Ik ben oud. Hé kijk, een stenciltje aan de boom, en nog één, in het hele dorp hingen ze, zag ik. Ah, voor Bernadette. Bernadette was het zusje van een meisje uit mijn klas. Caroline heette dat meisje. Leuk meisje was dat, met blauwe ogen en een wipneus en een goed humeur. Zo'n meisje dat de Olijke Tweeling had kunnen spelen, als die tenminste verfilmd zou worden, en zij een tweeling was geweest. Caroline de Pijper heette ze. We plaagden haar met haar naam. Met haar voornaam, want Willeke Alberti had net een hit met 'Carolientje, Carolientje, Carolientje wil een man'. Dat haar achternaam zich voor zo veel meer hilariteit leende wisten wij nog niet, groene dorpskinderen als we waren. Haar zusje heette Bernadette en huilde veel. Tenminste, dat vond ik toen, want ik had geen klein zusje en wist toen nog niet dat dat nou eenmaal is wat kleine zusjes doen als ze niet mee mogen spelen.

Bernadette. Met een stencil op de lantaarnpaal, hier, in de straat waar mijn ouders wonen alweer een. Hoe oud zou zij nou zijn? Haar zusje zat bij mij in de klas, zij was een paar jaar jonger... Misschien ook alweer achttien. Of twintig zelfs. Bij het volgende blaadje langzamer rijden, even goed kijken. Daar is er weer één. 'Hoera', lees ik, 'Bernadette 30'. Dertig! Het kleine zusje van mijn klasgenoot is dertig. What does that make me?

Trouw!

De vrouw met wie ik getrouwd ben riep vanmorgen vanuit de badkamer: ‘Ik doe mijn trouwring vandaag niet om, schatje. Ik heb een beetje last van irritatie.’

Koortsachtig zocht ik een oorzaak. De klassieke discussie over het dopje op de tandpastatube is altijd stilletjes aan ons huisje voorbijgegaan, maar misschien had ik een lege fles conditioner in de douche laten staan? Dat zij nu woedend een bos stro stond te föhnen en besloot het huwelijk hierbij te laten? Had ik een borstel achtergelaten vol met afgevallen herfstharen, of erger nog, dito verrassingen in het doucheputje? Was het een achteloos weggesmeten nat washandje, een klodder tandpasta in de wasbak, het vermaledijde laatste velletje op de closetrol, welke-o-mijn-god-welke zonde kostte mij nu zo onverwacht mijn huwelijk?

‘Kijk,’ zei ze terwijl ze naakt de gang op liep, ‘het is gewoon een soort uitslag denk ik.’ Ze wees op haar ringvinger die inderdaad bij de stam een beetje rood en vlekkerig was. Geïrriteerd.

Pfieuw. Kwam ik weer goed weg. Hoewel het ook wel godgeklaagd zou zijn geweest zeg, bij een beetje irritatie gelijk je trouwring afdoen. Ik heb er altijd al een beetje ranzige associatie mee, met mensen die hun trouwring afdoen. Iets te veel truckchauffeurs, vertegenwoordigers en mannen op zakenreis gezien die bij het zien van dat lekkere jonge mokkel de gladde gouden getuige in hun broekzak lieten glijden. Wat heerlijk ouderwets trouwens. Alsof het dat lekkere jonge mokkel ook maar één beurt zou kunnen schelen of hij getrouwd was. En allemaal hebben ze 'm ooit met een plechtige blik aan hun hand geschoven, geholpen door bevende bruiden, gadegeslagen door betraande naasten. Zoals ik.

Geen bruiloft hou ik droog. Natuurlijk, de ambtenaar die even de overleden vader/oma/golden retriever aanstipt does it every time. Hoe het bruidspaar naar elkaar kijkt tijdens het jawoord: al jarenlang een geheide hit.

Maar het allerallerfijnst aan een bruiloft vind ik de neven en de zwagers. En dan vooral om half twaalf. Zelden zijn mannen zo vertederend en aantrekkelijk als op een bruiloft, om half twaalf. De hele avond wordt de dansvloer al bevolkt door zwetende zusjes, vriendinnen en nichten terwijl neef, oom of zwager als gezonde Hollandse hetero een bierbuik staat te kweken langs de kant. Tot zijn magische assepoestertijdstip van half twaalf. Hij heeft een thuistapje leeg, realiseert zich dat het feest nog hooguit anderhalf uur duurt en zet de stap. Stropdas af. Jasje uit. Mouwen opgestroopt. Hij gaat dansen, of wat daarvoor doorgaat. Zijn voeten in stijlvolle bruiloftsschoenen steeds enthousiaster buiten de maat. Zijn billen onschuldig maar sexy in de keurige broek die bij het kostuum hoorde. De kletsnatte rug van zijn witte overhemd maar vooral, o god, ik zou zo weer trouwen omdat ik het zo graag zie: de bezwete kop met dat natte haar op z'n voorhoofd.

Geen voetbalwedstrijd, geen missverkiezing, geen Maserati-proefrit geeft mannen de levenslustige glans van een bruiloft om half twaalf. Dus trouw! Doe het voor je neven en je zwagers.

Demoïtus

'Demoïtus,' noemen platenproducers dat. De demo van het liedje is te vaak beluisterd door de artiest en daardoor vindt hij die kale versie met alleen gitaar al zo mooi dat er niks meer bij mag. Geen drums, geen bas, en al helemaal geen elektronisch effectje. Getverderrie nee. Een cello, hooguit. Maar dan alleen van een vrouwelijke celliste met liefdesverdriet. Anders is alles verpest.

Zo heb ik een beetje demoïtus met mijn huis. Het is af. Er is maandenlang gebroken, gestuukt, ge-'ach mevrouw, dat zijn de kosten niet' en 'als je het nu niet doet dan doe je het nooit meer'. En toen was het af en liep ik door mijn kale, affe huis. Met een verschrikkelijke aanval van demoïtus. Mooier dan nu wordt het niet, wist ik. Alles wat ik erin zet, verpest het zicht op die prachtige houten vloeren. En op het natuursteen! Ach, mijn lieve Belgisch hardstenen keukenvloer. Ik hoor het de tegelboer nog zeggen: 'Kijk, je hebt twee soorten mensen.' (Dan heb je gelijk mijn aandacht. Ik ben dol op mensen die zeggen dat je twee soorten mensen hebt. Daarna volgt altijd een totaal absurde categorisatie waar je zelf nog nooit aan had gedacht.)

'Je hebt natuursteenmensen en keramiekmensen.' (Voilà.) 'En keramiekmensen, die willen dat er nooit iets met hun vloer gebeurt, en die leveren daarvoor een stukje natuurlijke schoonheid in. Natuursteenmensen daarentegen...'

Nou en of wij natuursteenmensen waren! En dat er dan geen sinaasappel, rode wijn of minifrikadelletje op de vloer mocht vallen, dat vonden wij helemaal geen probleem. In een keuken. Ben je gek. Want wij zijn natuursteenmensen en als wij iets een plek vinden om lekker één te zijn met de natuur dan is het wel tussen de greeploze designkeukenkastjes.

Die gladgeschuurde, subtiel gewhitewashte keukenkastjes waar straks vieze vingerafdrukken (nee!), vetvlekken (o nee!) en krassen (houdt u toch op!) op zullen komen. Het schilderwerk, o, mijn heerlijke roomwitte suikerzoete deurposten... Straks zal ik met iets langs en onhandigs door het huis stiefelen en dutsen tot diep in jullie hout maken.

Het is verschrikkelijk, demoïtus. Mijn huis is te mooi om in te wonen. Mijn huis is beter dan ikzelf. Mijn huis is niet gemaakt voor wie ik ben, mijn huis is gemaakt voor wie ik zou willen zijn. Iemand die subtiel en met goede smaak een gezellige sfeer weet te creëren. Niet iemand die een afzichtelijk blauw geverfde IKEA-keukenstoel uit de collectie '86-'87 al sinds haar studentenkamer achter zich aan sleept. Iemand die best zo'n onderhoudsintensieve tegel kan kopen, omdat ze dat bijhoudt. Niet iemand die er per ongeluk een chloorvlek op maakt en daar dan de hele vloer maar mee vernachelt, dan is het tenminste egaal naar de kloten. Iemand die...

Nou ja. Misschien ben ik inmiddels wel zo iemand. Als ik mijn best doe. Misschien maakt het huis me beter dan ik ben. Misschien ga ik nog weleens precies de juiste kunst kopen voor op die Farrow & Ball-bruin geverfde muur. Misschien. Maar voorlopig lig ik met mijn demoïtus op de bank, te genieten van een kale wand. Ik heb wortelkanaalbehandelingen gehad die minder pijnlijk waren dan de gedachte aan het boren voor zo'n schilderijhaakje. Geen schilderijen voor mij. Zonde van die mooie gladde stuc.

Onbespoten

Het was een heerlijke reet. Geworden. Oké, ze had twee weken niet kunnen lopen, maar dit was 'm. Martines droomderrière. Helemaal uit België. Je zag alleen twee héle kleine puntjes waar de slangen erin waren gegaan om het vet weg te zuigen, maar ze zou tegen eventuele liefdeslogeetjes zeggen dat dat littekens waren van weggehaalde moedervlekken. 'Ja, die zaten symmetrisch tegenover elkaar, zo gek!'

Ik feliciteerde mijn vriendin hartelijk met haar nieuwe billen en nam me voor morgen op de fiets naar Hilversum te gaan. Word je ook strak van. Zeggen ze.

Ik ga niet naar de chirurg. Ik wil niet. Ik durf niet. Ik ben zo bang dat het pijn doet. Ik ben zo bang dat het slecht is voor je geest. Die dikke kont heeft je gemaakt tot wie je bent. Je bent grapjes gaan maken en zíét: een dikbelegde boterham. Waar je natuurlijk weer erg mee moet uitkijken, met dik beleg, in verband met je kont.

En ik ben bang dat het over een halve eeuw even belachelijk zal blijken als het nu al lijkt. In pak 'm beet 2060 zal er hard gelachen worden om oma die vroeger haar billen heeft laten wegzuigen en daardoor nu een énorme pens heeft, en dijen als twee aangespoelde potvissen maar daartussen een heel klein strak nichtenkontje. Want de dokter had gelijk, het vet kwam niet meer terug. Op de behandelde plekken. Of nog erger, oma legt voortijdig het loodje omdat er consequenties zijn van zo'n ingreep die ze hélemaal niet konden overzien, aan het begin van de eeuw. Zo primitief! Weet je wat ze toen deden? Haha! Ze spoten gewoon botox in hun gezicht, voor tegen de rimpels! Hihi! Terwijl ze toen toch ook wisten dat botox een gif was dat je spieren verlamt! (Want dat doet het! Echt! Mensen! Hallo!)

Ik doe het niet. Ik hoef geen chirurg te zien die ik niet kan wegzappen. Want dat is wél leuk: *Make Me Beautiful*. Vanavond met Irma. Irma is zevendertig en rookt sinds haar veertiende halfzware Van Nelle. Daarom ziet Irma's huid eruit als die van een Inca. Een opgegraven Inca, welteverstaan. Verder heeft Irma moeilijke tanden. En lachrimpels. Heel veel lachrimpels. God, die Irma, die moet haar hele leven in een deuk hebben gelegen. Vijf centimeter uitgroei en een combinatie uit de Miss Etam-collectie 1986 maken het plaatje compleet. Er wordt zes weken gebikt, gezaagd en gezogen aan Irma en Irma is gelukkig. Ze ziet zichzelf in de spiegel, blauw alsof ze op de Stop Geweld Tegen Vrouwen-campagneposter van Amnesty moet, maar ze zegt: 'Wat mooi! Wat ben ik mooi!' En dan gaan er nog een homo met verstand van haar en een naar mokkel met verstand van jurkjes overheen en Irma laat zich zien aan haar gezin. De kinderen moeten even wennen, maar haar man kijkt als iemand wiens Fiat Panda 's ochtends veranderd is in een Porsche.

Ik verheug me op *Make Me Ugly*. Mariska Hulscher en Irene van der Laar samen zes weken op een flatje in de Bijlmer met nét genoeg budget voor C&A, thuiskapster en Kruidvat-mascara. En nét genoeg Bollini (of hoe heet die goedkope alcoholisten-Martini ook weer) en shag om in leven te blijven. Nog wat snackbarvoedsel erbij en kijken hoe lang zij nog mooi zijn. Mooi zijn komt niet van binnenuit. Ja, een beetje.

Mooi zijn kost aandacht. En tijd. En geld. In die volgorde. Irma had gewoon eerst langs een goeie kapper moeten worden gestuurd, en een lekkere styliste en een goed poederloeder. Dan kan je de hele operatie laten zitten. Aandacht. TLC. Dat verkopen ze niet, in de kliniek. Ach. Miss Naturel. Als ik heel eerlijk ben was ik stiekem toch gestreeld toen de al te gladde Robert Schoemacher op samenzweerderige toon in een Hilversumse kleedkamer aan me vroeg: 'Zeg... wie heeft jouw lippen gedaan?'

Anna Frank

Ik zat mij juist te beraden op een column vol liefde en respect voor lezers van alle gezindten toen de bel ging. Voor de deur stond een meisje. Ze was mooi, Marokkaans en minstens zeventien. Of vijftien, of twaalf. Ze zijn zo moeilijk te schatten tegenwoordig.

'Ik ben van de Anne Frank School,' viel zij met de deur in het achterhuis, 'en wij zijn bezig met een actie voor Pakistan.'

Ik smolt. Zie je nou wel? Een jonge moslima op de Anne Frank School in actie voor een vergeten ramp. Het leven is wél mooi.

'Wij gaan een sponsorloop doen, heeft u daar misschien een bijdrage voor over?' vroeg ze.

'Natuurlijk!' straalde ik, en griste enthousiast het inschrijfformulier uit haar hand. 'Heb je een pen?'

Had ze niet. De schat. Ik holde mijn huis in om pennen en portemonnees, want 'u moet wel gelijk betalen'. Grappig, zo'n lekker direct meisje. Ik vond nog een briefje van vijf in mijn tas en vulde vrolijk de tabellen met naam, adres en bedrag in. 'Anna Frank School' stond erboven.

Anna? Anna Frank? In mijn boekenkast stonden ze rijen dik, te wachten om weer afgestoft te worden voor 4 mei: *Het Achterhuis*, *De laatste zeven maanden van Anne Frank* door Willy Lindwer, *Herinneringen aan Anne Frank* van Miep Gies...

Vluchtig las ik de rest van het velletje, dat gesteld bleek in de stijl van mijn vroegere 'Claudia kan niet meegymen'-briefjes. Tot zover mijn joods-islamitische idylle. Ik werd hier genept, leerde ook een telefoontje naar de échte Anne Frank School. Hoewel, genept... Vijf euro voor een waargebeurde column, 't is geen geld.

Vakantie

We vertrokken 's ochtends heel vroeg. Het was nog donker, en koud. Papa tilde me op de achterbank met mijn nog warme dekbed over me heen, wat het gezelligste was wat ik ooit had meegemaakt. Ik was vijf, mijn broer was negen. Hij sliep.

Ik keek rond. Achter haar stoel had mama een schoenenzak gehangen. Uit ieder vakje waar normaal een pantoffel in stak, bloeide nu een bosje verse viltstiften. Of kleurpotloden, of prikpennen, of vetkrijtjes. Kinderkantoor. Op mijn schoot lag een houten plank waar ze met een wasknijper al een verwachtingsvol wit velletje op had vastgemaakt. 'Maak jíj maar vast een mooie tekening van Italië!'

Zestien stripboeken, twintig cassettebandjes, duizendspellen-voor-op-reis: mijn moeder had deze vakantie als een militaire operatie voorbereid. Mijn vader restte niets anders dan in de weg lopen. 'Wil, moet dit állemaal nog op de imperiaal?' De Volvo kreunde onder het gewicht van vijf koffers vol gewassen en gestreken kinderbermuda's, zwembroeken en zomerjurkjes, maar ook warme truien voor je-weet-soms-nooit-want-het-kan-'s-avonds-hard-afkoelen. 'Henk, pak die spin dan aan!' Mijn moeder gooide de gekleurde snelbinder over de berg koffers heen naar mijn vader. 'En dat zeil moet er strak over. Het zou gaan regenen in Duitsland.'

Zuchtend startte mijn vader de auto. Het dorp sliep nog. Mijn broer ook nog steeds. 'Zeg maar "dag huis", jongens!' riep mijn vader naar de achterbank. 'Dag huis,' fluisterde ik in mijn eentje.

Op de hoek van de straat werd mijn broer wakker. 'Mag ik een bolletje met gehakt?' Het was vier uur 's ochtends. Het mocht. 'Clau, pak jij eens een bolletje voor Dennis.' De oranje koelbox stond voor mijn stoel. Omdat Dennis al wel met zijn voeten bij de grond kon en ik nog niet, was de keuze op mij gevallen. Ik vond het niet zo erg, het maakte mijn huisje nog knusser.

Uit het raam zag ik het huis van ome Kees, de broer van mijn moeder met wiens gezin we deze vakantie door zouden brengen. Het licht in de gang ging uit en ome Kees kwam naar buiten met Mandy slapend in zijn armen, terwijl tante Lucy een huilende Jacqueline voortsleepte naar de afgeladen Opel Ascona. 'Ha beste jongen!' riep ome Kees naar mijn vader. 'Ha Keesie,' zei mijn vader. 'Lusten jullie soms een bolletje met gehakt?' vroeg mijn moeder.

We waren al zeven cassettebandjes onderweg. The Shadows voor papa en Cliff Richard voor mama en de rest voor iedereen. 'Lazy on a sunny afternoon, in the summertime, in the summertime,' zong mijn vader mee met de cassette.

Mijn vader kon geweldig goed tweede stem zingen, omdat hij vroeger drummer was geweest. We hadden ook een bandje van zijn ouwe band bij ons. 'Heb jij dit ook geschreven pap?' vroegen we bij ieder nummer. En dat was dan zo, want mijn vader kon niet alleen heel mooi tweede stem zingen maar ook de beste liedjes schrijven. 'She'll be miiihiiiine,' zongen Dennis en ik mee met de Jugglers, want het repertoire van papa's ouwe bandje was ons met dezelfde paplepel ingegoten als dat van The Beatles. 'Had je dat dan voor mama geschreven, pap?' Mijn vader moest lachen.

Toen kwam 'You Really Got Me' en ging hij weer heel hard meezingen. 'Oh, you really got me girl, because you...' 'Is dat ook van papa?' schreeuwde Dennis over de muziek heen. 'Was het maar waar,' zei mijn moeder. 'Dan was ik met Ray Davies getrouwd.' Ik vond het heel onaardig, maar mijn vader en moeder keken elkaar aan alsof het helemaal niet onaardig was om te zeggen dat je wel met iemand anders getrouwd had willen zijn. Ik vond het raar. En ik vond The Kinks lang niet zo tof als de Jugglers.

Het begon te regenen. Ik besloot maar weer eens wat getallen met elkaar te verbinden in mijn Sesamstraat-vakantieboek. Er kwam Pino uit, een beetje hoekig en met een streep van z'n schouder naar z'n heup omdat ik de zes en de negen door elkaar had gehaald. Het ging steeds harder regenen. Ome Kees haalde ons in en gebaarde dat we de volgende afslag moesten nemen voor de overnachting. Mandy en Jacqueline zwaaiden op de achterbank en trokken gekke bekken.

'Oievah!' zei de eigenaar van hotel Odobero. 'Niederlande, nah? Odobero bringt Glück! Ist Oievah! Haha!' Hij klapwiekte. 'Klapsigaar,' zei ome Kees. 'Beatgitaar,' zei mijn vader. 'Schaamhaar,' fluisterde Dennis in mijn oor.

Alles in hotel Odobero was bruin. De tafels en stoelen, de gordijnen, de schnitzels. Ik kreeg een kindermenuutje met een bruin worstje en vette friet.

Mandy en ik deden het patatspel. Omdat ze al zeven was kon Mandy goeie spellen verzinnen. Dit had ze laatst op de verjaardag van oma bedacht en het kwam erop neer dat we ieder frietje op ons bord een naam moesten geven. We verzonnen een leeftijd op basis van de lengte van het frietje, een geslacht op grond van de hoeveelheid mayonaise aan het uiteinde – 'deze heeft lang haar, het is een meisje' – en eventueel een baan of studierichting. Van een klein bruin frietje zei Mandy bijvoorbeeld: 'Deze is zanger en hij heet Michael.' Vervolgens at ze Michael op. Het was een lang spel. De anderen zaten al aan een ijsje, met bruine saus. Tante Lucy rookte een Belinda. Mijn vader ging de koffer met pyjama's van de imperiaal halen.

'Blijven jullie maar even op de kamer van ome Kees en tante Lucy,' zei mijn vader zachtjes. Ik hoorde mijn moeder vloeken in onze kamer. Het zeil was niet waterdicht gebleken in de regen. De groene koffer had een rode voering en nu waren alle kinderbermuda's, alle zwembroeken, alle zomerjurkjes en alle warme truien voor je-weet-soms-nooit roze.

'Mama wil naar huis, zei ze net.' Dennis had aan de deur staan luisteren. 'Je moeder heeft gewoon een beetje mine,' zei tante Lucy en ze nam nog een trekje. Ze leek precies op die mevrouw op het pakje. Mooi, blond en altijd een sigaret in de hand. Tante Lucy had nooit migraine. Maar tante Lucy had ook niet alles gewassen en gestreken in de koffers zitten. 'Als je iets vergeten bent, verkopen ze het daar wel,' was haar motto. Mijn moeder had de auto ingepakt alsof we de komende drie weken geen teken van beschaving meer zouden tegenkomen. En nu 'kwam het er allemaal uit', zoals papa zei. We moesten mama maar even alleen laten. Morgen was het weer een hele nieuwe dag, dan zou de zon schijnen en was alles anders. Ik hoorde haar huilen.

De zon scheen. Alles was anders. We waren al bijna in Italië. 'Oievah!' had de hoteleigenaar ons nog als afscheidsgroet toegeroepen. Mama had rode ogen maar ze wilde niet meer terug naar huis, zoals Dennis en ik de hele nacht gevreesd hadden.

Het landschap voor mijn raampje veranderde. De heuvels werden rotsen en de rotsen werden bergen. 'Wat heeft God de wereld mooi gemaakt hè?' zei ik genietend. Er viel een eigenaardige stilte in de auto. Wij waren thuis niks, van geloof, maar ik keek veel naar EO's *Kinderkrant* en mijn vader las mij weleens voor uit *Bijbelse verhalen voor jonge kinderen*.

Dennis was anders. Hij mocht op school niet meer meedoen met godsdienstles. De juf was bij ons thuis aan de deur geweest om te vragen of mijn moeder het heel erg vond als Dennis gewoon een uurtje in de middenruimte zou knutselen terwijl zij godsdienstles gaf want hij bracht de andere kinderen zo aan het twijfelen. 'Ja maar juf, over het water lopen kan gewoon niet, want water is geen vaste stof, tenzij het minder dan nul graden Celsius is en de kans dat het in die tijd vroor in het Midden-Oosten...' 'Ja maar juf, dat kan nooit, dat Jezus veertig dagen in de woestijn heeft gezeten zonder water, want eerst vallen dan je nieren uit, en dan je...' Zo kon zij niet werken.

En nu riep ik dat God de wereld zo mooi had gemaakt. 'Nee hoor,' zei Dennis, 'dat komt door een explosie.' En hij las weer verder in zijn *Grote Jeugd Winkler Prins*. 'Roepen jullie me als we bij de Gotthardtunnel zijn?'

Limone was een klein dorpje aan het Gardameer dat bekend stond om haar citroenteelt. Volgens de bewoners was de *limone* zelfs genoemd naar het plaatsje, maar volgens de reisgids was het andersom. Direct na aankomst op het appartementencomplex ging mijn moeder de opa's en oma's bellen. Ik stond in de telefooncel te spelen met een schelp die ik buiten had gevonden. Volgens Dennis was het een tepelhoorntje. 'Ja hoor ma, alles is goed gegaan,' zei mijn moeder, 'de jongens zijn ook hartstikke lief geweest.'

Ik was dus lief geweest, dat wist ik zelf niet. Ik probeerde altijd wel lief te zijn, maar soms mislukte het. Laatst, toen we op de foto moesten bij een echte fotograaf en ik alleen maar moest huilen. Mijn moeder zei dat ik nu echt op moest houden en dat ik heel vervelend was en wat was er nou eigenlijk aan de hand? Maar ik moest niet ergens om huilen. Het was het huilen zelf waar ik zo verdrietig van werd. Het werd geen leuke foto.

Ons appartement zat naast dat van ome Kees en tante Lucy en boven de supermarkt van Enzo. Die stapelde zijn kratten torenhoog op elkaar op de binnenplaats waar Dennis en Jacqueline tafeltennisten. Als er een pingpongballetje tussen de kratjes terechtkwam, hoorde je het wel een minuut lang naar beneden vallen door de gaten in de kratjes. Als het het laatste balletje was moest ik Enzo gaan halen en die tilde dan de kratjes van elkaar om het te vinden, terwijl zich in zijn supermarktje een rij gelaten toeristen vormde.

Ik kreeg ook vaak gratis ijsjes van Enzo, omdat ik zo op zijn dochtertje leek. Die heette ook Claudia. 'Clááuwdia' zeiden die Italianen. Ze woonde bij zijn vrouw op Sicilië terwijl hij hier probeerde een beetje geld te verdienen. En een beetje te flirten, met mijn moeder. Die glimlachte vriendelijk terug, terwijl ze de oranje zwembandjes om mijn armen nog wat strakker aantrok.

Ik was te klein voor de tafeltennistafel, daarom speelde ik solo in de gang, tegen de muur. Soms kwam ik tot de honderd, maar meestal werd ik voor die tijd afgeleid door ome Kees die riep: 'Kan je 't een beetje winnen, liefie?' Of door Devis.

Devis was de jongste zoon van het Italiaanse gezin dat naast ome Kees en tante Lucy woonde. 'Ray Devis', noemde mijn vader hem. Hij was een beetje wit maar had hele bruine ogen en altijd stoere T-shirts aan. Wij mochten dat niet, T-shirts met opdruk. Mijn stoerste T-shirt was een effen witte geweest, maar die was nu roze.

Devis was mijn vriend. We verstonden elkaar niet maar

begrepen elkaar goed. Omdat we allebei zo klein waren speelden we onder-de-tafel-tennis. Of we zaten in de tuin aan de andere kant van de appartementen, een tuin met een steile rotswand aan de ene kant en uitzicht op het meer aan de andere. Het was er zo mooi dat ik niet snapte dat alleen Devis en ik er altijd zaten. Er waren stenen bankjes en witte parasols en alle kleuren bloemen. Dennis kon me nog meer wijsmaken, deze tuin was echt wel door God gemaakt. Devis en ik speelden er verstoppertje.

Ik had in het Italiaans leren tellen en was net bij *otto* toen we een hysterisch geschreeuw hoorden. We renden naar de binnenplaats en zagen zijn oma, die met hen mee was op vakantie, op het balkon staan. 'Sergio! Allesio! Devis!' Ze kon nog harder schreeuwen dan mijn moeder voor een migraineaanval. Devis moest komen eten, gebaarde hij naar mij. Langzaam slofte hij naar huis, terwijl zijn oma bleef gillen om zijn broers. Foeterend liep ze het huis in. Op het balkon verscheen nu Devis' vader. Zijn zware snor bewoog terwijl hij op rustige toon zei: 'Bambini. Mangiare.' Devis rende harder dan hij ooit bij verstoppertje had gedaan. De grote Italiaan draaide zich om en ging naar binnen.

Op het balkon ernaast zat tante Lucy met mijn moeder. Ze zwaaiden, terwijl mijn moeder blies in haar Belinda. Op vakantie rookte ze soms. Het zag er erg onwennig uit. 'Kom schat,' riep ze, 'dan gaan we naar het huwelijk kijken.' Wat was ook alweer een huwelijk? Ze had het wel verteld de avond ervoor, na het verhaaltje bij het instoppen, maar ik was het vergeten. Het was wel spannend, en iets met sprookjes, dat wist ik nog.

Het restaurant stroomde vol. Iedereen wilde kennelijk graag zien wat er zo dadelijk op die grote houten televisie kwam. De oranje plastic stoeltjes vulden zich met zonblonde vrouwen. Op de barman na was er geen man in het restaurant. Een huwelijk is dus vooral iets voor vrouwen, begreep ik.

'O, wat ziet ze d'r prachtig uit!' riep een oudere mevrouw naast ons. Het was Truus. Die kwam uit Amstelveen, had ze laatst aan het zwembad verteld. 'Die pofmouwtjes, o enig. Maar wat is hij een eeuwige jan lul, hè. Ze kennen hem aandoen wat ze willen, 't blijft een lelijk hert.' Mijn moeder knikte. Het was dus al begonnen.

Ik zag alleen een rug want voor me zat iemand die groter was dan ik. Dat was niet zo bijzonder, iedereen die ik kende was groter dan ik. Behalve Devis. Mijn moeder trok me op haar schoot. 'Mooi hè, liefie,' zei ze en ze gaf me een kusje in mijn nek. 'Die mevrouw, kijk, die, met de sluier, die wordt nou een prinses. Ze was eigenlijk kleuterjuf, net als juffrouw Ricky. Weet je nog, dat jullie met alle kindjes uit de klas naar het trouwen van juffrouw Ricky mochten?' 'Nou, ik denk niet dat haar klasje uitgenodigd is vandaag,' zei Truus, 'wat een kouwe kakzooi.'

De kleuterjuf op tv was inderdaad prachtig. Soms keek ze op. Ze had lieve ogen. Meestal keek ze naar de grond, zoals ik als ik schelpjes aan het zoeken was. Mijn schouders waren er helemaal van verbrand, nu moest ik een T-shirt aan op het strand. De prinses keek naar de grond omdat ze verlegen was, zei mijn moeder. 'Ze is nog maagd, hè,' zei Truus. 'Wil jij soms een flesje pera, Clau?' vroeg mijn moeder snel.

Volgens Dennis had ik al zevenenzestig flesjes pera op. Het waren piepkleine glazen flesjes met onvoorstelbaar lekker perensap erin. Ik dronk het bij het ontbijt, bij de lunch en 's avonds bij de ravioli. 'Neem je flesje maar mee, schat,' zei mijn moeder. 'We gaan naar het huisje. 't Gaat zo onweren.'

Het begon te waaien. Mijn vader stond al in de deuropening. 'Ik wilde jullie al gaan zoeken. Er komt een Gardastorm.' Dennis stond met zijn verrekijker op het balkon. 'Kom maar achter de schuifdeuren staan, jongen,' zei mijn vader. Dennis was net sterk genoeg om zelf de hendel om te trekken en de deur open te maken, maar hij deed alsof het gemakkelijk ging.

'Moet je eens kijken.' Hij gaf mij de vogelverrekijker die hij had gekregen omdat hij later bioloog wilde worden. 'Kijk daar dan.' De verrekijker was koud aan mijn ogen. Ik zag alleen een heel groot blauw waas. 'Naar links. Nee, dat is de andere kant. Links is waar je duim rechts zit.' Die aanwijzing hielp niet echt. 'Waar je een L kan maken van de duim en je wijsvinger.' 'Ik kan nog niet lezen.' Dennis pakte mijn hoofd en de verrekijker tegelijk beet en gaf de hele installatie een duw. 'Dat is links.' Ik zag een gele driehoek op het meer. 'Dat is die surfer. De kustwacht gaat het water niet meer op. Die verzuipt.'

Mijn moeder had uit haar enorme voorraad leuke-dingen-om-mee-te-nemen-voor-je-weet-soms-nooit een tablet DAS-klei opgediept. 'Gaan jullie maar een mooie asbak voor Enzo maken. Dat heeft hij wel verdiend voor dat geëmmer met die pingpongballetjes steeds.'

De surfer was aangespoeld. ‘Mogen we dan weer in het meer?’ vroeg ik.

Vandaag waren we in het zwembad omdat mijn moeder het zo’n akelig idee vond, zo’n dode man in het water. Het meer was veel leuker. Ik had op de markt in Riva een geel luchtbedje met zwarte strepen gekregen dat moest doorgaan voor een tijger. De ogen waren op een zwart pupilletje na doorzichtig, waardoor ik op de bodem kon kijken. Uren lag ik op mijn buik te dobberen, mijn hoofd plat op het luchtbed gedrukt. Hele scholen guppies trokken aan mij voorbij, krabben liepen hun gekke horizontale loopje, schelpen die ik anders nooit had kunnen vinden waren nu van mij. In het zwembad was helemaal niks leuks te zien door mijn tijgerogen. Een pleister had ik gevonden, en ik had Jacqueline betrapt toen ze een plasje in het water deed.

‘Nee, schatje. We gaan vanavond nog wel even gedag zeggen tegen het meer, voor we weggaan.’

We deden de terugweg ‘in één ruk door’ zoals ome Kees zei. ’s Nachts kon je zo doorkarren op die Autobahn, dan zaten we morgenmiddag weer aan een goeie Hollandse bak koffie met een warme appelpunt.

Alles was ingepakt. Het zeil zat strak om de koffers op de imperiaal. De koelbox zat vol, ik kon pera drinken tot diep in de Kaukasus. Mandy en ik deden bij de auto nog gauw het slipperspel, waarbij je je linkerslipper aan de rechtervoet moest doen en andersom, en wie dan het hardst kon rennen.

‘Kom, jongens, de auto in. Zeg maar “dag huisje!”’ Ik

keek naar ons appartement. Twee balkons verder stond Devis te zwaaien.

'Wie wil er een bolletje met salami?' vroeg mijn moeder. Mijn vader deed het cassettebandje van The Shadows aan. Op 'Apache' nam ik afscheid van Devis, van Limone, van alles.

'Dit was de mooiste vakantie van mijn hele leven,' zei ik.

'Ja, liefie?' vroeg mijn vader.

Dennis zei dat ik dat niet kon weten, omdat mijn leven net pas was begonnen en er nog heel veel vakanties kwamen. 'Toch weet ik het zeker,' zei ik.

Ik had gelijk.

Boek

Adriaan Jaeggi was tijdens zijn leven een fanatieke blogger. Op een gegeven moment hield hij een ouderwetse queeste naar het mooiste woord van de Nederlandse taal. 'Klotebibber' was genomineerd, en ook 'dolk'. Tsja.

Mijn mooiste woord is boek.

Een onderschat woord, boek. Het doet wat het moet doen. Het beschrijft afdoende een verzameling bedrukte bladzijden met een kaft erom.

Maar het doet zoveel meer. Het belooft van alles, alleen al door de klank.

Boek is officieel geen klanknabootsend woord (zoals 'tjiftjaf'), maar voor mij is het dat wel. 'Boek' is het geluid dat een goed gebonden boek maakt als je het na het lezen voldaan dichtslaat. 'Boek,' zei de stapel verantwoorde jeugdliteratuur wanneer die lieve mevrouw van de bibliotheek hem grijnzend voor mij neerzette: 'Vooruit, oké, vier boeken omdat jij het bent, eigenlijk mag je er nog maar drie.' Iedere week vier werelden mee naar huis.

'Boek' betekent bijna 'thuis'.

Simon and Garfunkel hebben ooit een liedje gemaakt over alleen zijn; 'I am a rock', heet dat. Niemand nodig hebben en dus nooit gekwetst worden, dat is het idee. 'I have my books/and my poetry to protect me'. Zo zal het zijn. Als ik later oud ben, en verdrietig, niet meer bijzonder maar zonderling, niet meer lekker gek maar stapelmesjokke, dan bouw ik een huisje van boeken om me heen. En daarin ga ik zitten lezen. Soms pak ik een boek van helemaal onderin. Dan valt alles om, en doen ze als ze de grond raken allemaal 'boek'.

Sap

Elk jaar ga ik een week naar een ver warm land en zit dan met een glaasje ananassap aan het zwembad. Troost u, dit klinkt jaloersmakender dan het is: dat glaasje ananassap is namelijk ook het enige dat ik eet of drink die week. Het gaat namelijk om mijn jaarlijkse spartaanse sapkuur. Niet eens vanwege de kilo's (hoewel je er wel van afvalt natuurlijk, van acht dagen niet eten, maar dat vreet je er ook op Schiphol alweer aan) maar vanwege de kick. Acht dagen niet eten en toch sterk genoeg zijn om te zwemmen, te lopen en te lachen geeft een natural high die met geen drug te vergelijken is. Gedachten worden helderder, het zelfvertrouwen groeit gestaag ('als ik dít kan, kan ik alles') en ondertussen scheidt het lichaam alle rosé, bier en falafel van het afgelopen jaar uit. Dit houdt overigens wel in dat je gaat stinken als een bunzing. Daarom vast ik ook in een ver land. En altijd als mijn lichaam hersteld is van mijn vieze leven, als mijn huid straalt en mijn energiepeil voelt als dat van een telefoontje dat vers uit de lader komt, neem ik me weer voor altijd zo te blijven. Nooit meer iets tot mij te nemen dat niet vers, rauw en aanbevolen is door het Voedingsbureau. Nooit meer tot kotsens toe bezopen te worden. Nooit meer 's nachts het tankstationdiner te nuttigen.

Ach. Ik heb me inmiddels neergelegd bij mijn mateloosheid: liever twee keer extreem, dan een keer gemiddeld. Beter eerst goed genoten van een wilde nacht en later van het keiharde kuren, dan altijd lekker slapen bij een kopje warme melk.

Trots op Nederland

O schitt'rende kleuren van Nederlands vlag
Wat wappert gij fier langs den vloed
Hoe klopt ons het hart nu van vreugd' en ontzag
Wanneer het uw banen begroet

Uit volle borst, hoor. Echt. Met trots op Nederland, en heel saamhorig met zowel mijn klasgenoten als het vaderland als de koningin zong ik bovenstaande zinnen als achtjarig meisje voor de burgemeester van ons dorp. Aubade, heette dat, en het maakte ons niks uit dat het niet voor de koningin was maar voor een gemoedelijke zestiger wiens enige verdienste was dat hij even christelijk was als de boeren uit het dorp. Dorpsbewoners van alle andere gezindten werden overtuigd van 's mans politieke talent doordat hij in de aanloop naar de gemeenteraadsverkiezingen in het dorpscafé regelmatig rondjes gaf op kosten van het college van B&W. En zo was het goed. We zongen.

't Is plicht dat ied're jongen
Voor d'onafhanklijkheid
Van zijn geliefde vaderland
Zijn beste krachten wijdt
Hoezee hoezee, voor Nederland hoezee
Hoezee hoezee, voor 't vaderland hoezee
Voor koningin en vaderland waakt ied're jongen mee!

Dat vond ik ook zo'n mooie. Was ik maar een jongen, dacht ik dan. Dan kon ik net als de dappere, doodgewone Hollandse vrinden uit mijn leesboek op school bij het verzet. Met een bootje door de Biesbosch om twee Engelse parachutisten te verstoppen. Wapens smokkelen voor het verzet. Een illegaal radiostation runnen op zolder, waar Moeder niets van af mocht weten, want die zou in handen van de mof direct doorslaan. Ach, lieve Moeder, die tobbend met in de ene hand haar bonnenboekje en in de andere een kopje surrogaatkoffie alsmaar magerder werd. Op een fiets met houten banden zou ik naar de boer gaan, om roomboter, voor Moeder. Als ik een jongen was, en het was oorlog. Meisjes deden niet zulke toffe dingen, vond ik, in mijn jaren-tachtig-van-oorlog-doordesemde jeugdliteratuur. Ja, af en toe fietsten ze eens met een ham voor de onderduikers onder hun rokken tegen de wind in, over de dijk, met een *Vrij Nederland* in hun beha en een *Parool* in hun onderbroek.

Hoe dierbaar is ons 't Vaderland
Der helden bakermat
Der kunsten wieg, 't gezegend strand

Waar het heilig recht zijn zetel plant
En deugd met een fluwelen band
Vorstin en volk omvat!

Later, als ik deze liedjes zong voor leeftijdgenoten, werd ik vaak bekeken alsof ik bij de Jeugdstorm had gezeten. Ik ben van 1975, maar op mijn lagere school werden Koninginnedag, Dodenherdenking en Bevrijdingsdag beleefd alsof we de bange oorlogsjaren net pas achter ons hadden. Alsof er nog ieder moment een verwarde jood uit de koeienstal kon lopen die we mochten vertellen: 'Nee echt, Mosje, het is voorbij, hier, neem een matze, jôh!' Alsof de dorpsmeisjes nog volop door Tommy's bevrijd konden worden, wat ze dan ook ijverig naspeelden. Toen we op 5 mei 1985 op praalwagens vierden dat het allemaal alweer veertig jaar geleden was, waren de meeste grote jongens heel stoer in hun vaders ouwe dienstkloffie gehuld. Gaaf was dat. (Ikzelf was door mijn moeder aangekleed als oranje tulp.) Die quasibevrijderslook had een onmiskenbare uitwerking op de pubermeisjes van het dorp, die zich massaal lieten ontmaagden op het veldje waar we doordeweeks gymles hadden, wat je precies kon zien vanuit de oude knotwilg naast de sloot. Een mooie tijd. De oorlog was gewonnen, we zouden nooit meer een zondebok de schuld geven van onze problemen en ieder mens van elk geloof, ras of geaardheid was welkom, want zo waren we. Trots op Nederland.

Bikini

Vijfendertig procent van de meisjes tussen de 14 en de 18 jaar durft in de zomer niet in bikini, blijkt uit onderzoek. Ze zijn te dik, vinden ze. En weet je wiens schuld dat is? Dat is mijn schuld.

Ik schrijf namelijk voor een blad dat eens in de zoveel tijd een reportage publiceert over aanstaande modellen. Meestal is het een vrolijke reportage over ambitieuze meisjes van dertien, zonder enige kanttekening. Dus daarom maak ik die nu maar. Anders is het namelijk net zo goed mijn schuld.

Een kanttekening dus. Want zo gek is het niet, dat je als meisje met een gezond gewicht niet meer in je bikini durft. Als je op het strand door een blad ligt te bladeren waarin meisjes staan die kilo's lichter zijn dan jij, maar zeggen: 'Sommige modellenbureaus zeiden tijdens de Model Convention tegen me dat ik nog wel wat vet van mijn heupen af moet zien te krijgen.' Het meisje in kwestie is zeventien, weegt 57 kilo en is 1.74 lang. Dat betekent een Body Mass Index van 18 en dat is volgens de Nederlandse Hartstichting nog net gezond, maar: aan de lage kant.

Vind je het gek dat je als veertienjarige wat onzeker wordt over je lichaam wanneer je een prachtig pruilend leeftijdgenootje ziet poseren met de tekst: 'Het viel me op dat er tijdens de Model Convention veel meisjes waren die niet de juiste maten hadden. Dat vergrootte mijn kansen aanzienlijk.' En dat dat meisje (van veertien, net als jij) 1.79 lang is en 50 kilo weegt. Dat is een Body Mass Index van 15. Dat is – alweer volgens de Hartstichting, ik verzin dit niet - ongezond licht. Gevaarlijk. Net als het meisje op de bladzij ernaast, van veertien, 1.64 lang en 40 kilo. VEERTIG KILO! En niemand die er iets van zegt. Niemand die een link legt tussen bijvoorbeeld de strijd van actrice Christina Ricci, die even verderop in het nummer uit de doeken doet hoe lastig het toch is van je anorexia af te komen als je je spiegelt aan een onhaalbaar schoonheidsideaal. Niemand die aan de ouders van deze dertien- en veertienjarigen vraagt of dat nou wel zo slim is, dat ze samen met hun dochter heel verantwoord kiezen voor Huppeldepup Models omdat ze daar 'zo'n goed gevoel bij hebben'. Niemand die een kanttekening plaatst.

Dus bij deze. Voor al die meisjes, een liedje dat ik heb geschreven voor precies zo'n meisje nadat ik haar in een pizzeria urenlang had zien worstelen met een groene salade:

Als we nou eens doen dat ik je spiegel was
Dan mocht jij van mij Sneeuwwitje zijn

Zou je me dan eindelijk geloven als ik zei
De mooiste dat ben jij

Of ik was je allerliefste spijkerbroek
Dan zat ik jou natuurlijk nooit te strak
Zou je me dan eindelijk geloven als ik zei
De mooiste dat ben jij

Als je me nou gelooft
En eindelijk zeker weet
Dat je d'r best mag zijn
En eindelijk weer wat eet, Marjolein

Of zullen we doen dat ik je weegschaal was
Ik droeg je op handen elke dag
Zou je me dan eindelijk geloven als ik zei
D'r hoeft niks af, Marjolein
Marjolein, d'r moet iets bij

Als je me nou gelooft
En eindelijk zeker weet
Dat je d'r best mag zijn
En eindelijk weer wat eet, Marjolein

En als we nou doen dat ik je eten was
Zeg je dan nog steeds dat je niet hoeft
Denk je dat je zelfs niet een klein beetje proeft
Van mij

Een hap liefde
Een lepel lef
Om stevig op te kauwen
Een heel bord zekerheid
En kilo's zelfvertrouwen

Gummy Smile

'Dat is meer iets voor de orthodontist,' zegt de tandarts, bezorgd kijkend naar mijn hoektand. De linker. Die staat scheef. Net als die van mijn broer, mijn moeder, en van ome Corrie. Niet belachelijk uit het lood, maar gewoon een beetje scheef. 'Scheetje beef,' zei mijn vader vroeger. En daar moest ik dan heel hard om lachen. Deze tandarts niet. Hij kijkt naar mijn mond alsof ik net veertien units alcohol en een portie shoarma op heb. 'Hier moeten we echt iets aan doen,' zegt hij, en verwijst me door naar de orthodontist.

Gezellig. Naar de orthodontist. Voel me gelijk weer elf.

'O, nee hoor,' zegt die, voor ik mijn mond überhaupt open heb gedaan. 'Nee, daar kan ik helemaal niks mee als je geen beugel wilt.'

Ik wil geen beugel, dat heb ik bij binnenkomst al geroepen. Je kan maar duidelijk zijn, bij die types. Voor je het weet lig je gips te happen en kun je niet meer uitbrengen dat je godverdomme geen twaalf meer bent, en geen debiel, of Mariska Bauer. Ik ga een beetje voor lul lopen zeg. Een beugel. Doe normaal. Ik wil geen vrolijk gekleurde slotjes op mijn tanden. Of nou ja, niet in het zicht in elk geval.

'En aan de achterkant?' vraag ik voorzichtig. 'Bestaat dat?'

'Ja, dat bestaat wel, maar ik doe het niet,' zegt de orthodontist streng. Hij wil wel wat plaatjes voor me googlen. 'Kijk. Dan zit de hele achterkant vol met plaatjes.'

'Kun je dan nog zingen?' vraag ik benauwd.

'Nee. En praten is ook lastig, de eerste paar maanden.'

De eerste paar maanden? Goed. Dan kan het dus niet. Ik leg mij neer bij mijn lot, ik ga verder door het leven met een scheve hoektand. Prima. Het gaat toch om het innerlijk.

De orthodontist doet zijn rubber handschoenen uit en zegt: 'Ik dacht trouwens dat je voor iets heel anders zou komen. Ik zag gisteren een foto van je in de krant...'

O god, ja. Die foto. Ik was dit weekend op een gala voor het goede doel geplaceerd naast een bloedmooie profvoetballer. Van negentien.

'Even een fototje van jullie tweetjes,' zei iemand met geërecteerde telelens en ik deed wat ik altijd doe in dat soort situaties: schaapachtig lachen. Ik ben een partyfiguur van niks. Poseren op een rode loper vermijd ik door niet naar premières te gaan, want als ik daar gefotografeerd word straal ik nooit één sprankje star quality uit. Waar echte sterren (en Marijke Helwegen) precies weten hoe ze enigszins diagonaal moeten staan met hun handen op hun heup zodat ze slanker lijken, sta ik, in full frontal stupidity, te grijnzen alsof ik dit bezoekje aan de spannende wereld van showbizz en glamour heb gewonnen door een drachtige koe na te doen in een radiospelletje.

'Je hebt nogal een gummy smile,' doorbreekt de orthodontist mijn mijmeringen.

'Een wat?'

'Een gummy smile. En je hebt mooi, gezond tandvlees hoor, daar gaat het niet om, maar wat we zouden kunnen doen is de hele bovenkaak een klein stukje verzetten. Kijk, ik heb hier een brochure, dan halen we hier de kaak los en dan zetten we de hele boel er zo weer aan.'

Daar lag ik. Met mijn gummy smile. De Sunny Bergman van de tandheelkundige wereld. Tot ik hier binnenliep wist ik niet eens dat ik een probleem had, maar als ik deze man moest geloven zat ik qua tandvlees ergens tussen Anky van Grunsven en Bonfire in. Jeetje. 't Was ook wel waar. In de puberteit durfde ik niet eens te lachen, maar dat was ik door leuke verkeringen en een fijne carrière helemaal vergeten, dat ik een complex had. Gelukkig was deze arts er om mij eraan te herinneren. En gelukkig ben ik er, in die *Avantgarde* die jij doorleest in de wachtkamer van de orthodontist, plastisch chirurg of melkzuurkliniek om jou eraan te herinneren dat je goed bent zoals je bent. Je bent zover gekomen als je nu bent mét die neus, met die buik, met die kleine tietjes of met wat dan ook. Doe het niet. Je bent prachtig zoals je bent. Geloof mij maar op mijn blauwe ogen. En mijn gummy smile.

Al het voortreffelijke is even moeilijk als zeldzaam

Het is vakantie. Ik lig in de tuin en lees Spinoza. Of nou ja, ik probeer voor de vijfde keer het voorwoord te begrijpen, wat gezien het volume van de conversatie van de buren op ons bungalowpark bepaald geen sinecure is.

Het zijn Brabanders.

En daar zeg ik verder niks lulligs over. Echt niet. Ik ben gek op Brabanders. Ze zijn zo rond, zo gezellig, zo warm. Zo aangenaam confrontatievermijdend ook. En van oudsher katholiek, dat is ook mooi, want daardoor is er vaak veel verbodens mee aan te vangen.

Kortom: gezellig. Brabanders. Op zich.

'De volstrekt oneindige substantie is ondeelbaar', lees ik. Ik probeer het te doorgronden, maar naast me wordt op luide toon de recente geschiedenis geanalyseerd door een oer-Brabantse moeder en haar net niet ver genoeg van de boom gevallen zoon. (De conversatie van moederszijde schrijf ik in kapitalen om haar belachelijke stemvolume te visualiseren.)

'IS DAT NOU NOG NIE ES GENOEG, MEE DIEN MICHAEL JACKSON?'

'Koffie, moeder?'

'NEE, IK HEB HET ZUUR. IS DAT NOU NOG NIE ES GENOEG, MEE DIEN MICHAEL JACKSON? NOU WEER EEN HEEL STUK IN DE KRANT!'

'Ja maar moeder, wij zijn daar allemaal mee opgegroeid hè, met Michael Jackson. Voor ons is dat een beetje vergelijkbaar met hoe het voor jullie was toen Elvis doodging.'

'NOU, IK HOOR DAN TOCH LIEVER ELVIS HOOR. OF IS DAT DAN DE LEEFTIJD?'

'Ja, moeder, da's dan toch ook wel een beetje de leeftijd.'

'...'

Moeder lijkt er genoegen mee te nemen. Stilte. Ik duik weer in de volstrekt oneindige substantie. Denk ik. Maar nee.

'HIJ IS NOG GETROUWD GEWEEST MEE EEN DOCHTER VAN ELVIS, HÈ? MICHAEL JACKSON.'

'Ja, moeder.'

'HOE HITTIE OOK WEER? PRISCILLA.'

'Ja.'

'...'

'Nee... Nee, dat was z'n vrouw, Priscilla.'

'JA, DAT ZEG IK. HIJ IS D'R MEE GETROUWD GEWEEST.'

'Ja nee, Priscilla is die vrouw van Elvis. Lisa Marie heet die dochter. Die was met Michael Jackson.'

'O JA. NOU, IK VIN 'T NOU WELEENS EEN KEER GENOEG, MEE DIEN MICHAEL JACKSON. WAT KENTIE NOU HELEMAAL, MICHAEL JACKSON? HELEMAAL NIKS. JA, VAN BROOD STRONT MAKEN, DA KENTIE.'

‘Nou moeder, het was wel een heel begaafde muzikant natuurlijk, en zanger, en danser...’

‘ELVIS! DA WAS EEN DANSER. ELVIS.’

‘Ja, moeder.’

‘MEE Z’N PELVIS.’

‘...’

‘MAAR MICHAEL JACKSON... IK VIND HET IN ELK GEVAL WEL WEER GENOEG MEE DIEN MICHAEL JACKSON.’

Ik knijp mijn ogen dicht tegen de felle zon en leg me neer bij de werkelijkheid. De volstrekt oneindige substantie is ondeelbaar. En datzelfde geldt, ondanks de hoge coniferen, voor dit terras.

Nog meer dingen die fijn zijn

- Een nieuw opschrijfboekje
- Niet weten wat een pak melk kost
- Bloemen bij iemand laten bezorgen
- In gezelschap in kunnen haken met een goeie anekdote
- Dat iemand anders lekker je bed heeft verschoond
- Dingen in huis hebben waarvan je weet dat je bezoek het heel graag lust
- Nog steeds vinden dat je beste vriendin je beste vriendin is
- Iemand die zegt dat je verleidelijk bent

- Met je vader praten over Het Leven
- Iemand een mooi liedje laten horen
- Iemand die jou een mooi liedje laat horen
- Panty's die niet kapotgaan voor je op het feestje bent
- Iets te ver gaan tijdens het flirten
- Applaus
- Witbier drinken op een warme dag
- Witbier drinken op een koude nacht
- Witbier drinken

Studentes zonder slipje

De regen slaat tegen de ramen. De winkels hangen vol wintercollectie. Ik ruim de vaatwasser leeg en neurie het 'nananana'-koortje uit Gerard Cox' ''t Is weer voorbij die mooie zomer'. Het jarenzeventigsoftpornosfeertje ervan doet niets af aan mijn weemoedige stemming en m'n arme oude hart barst haast van verlangen. Naar lichtheid, naar zomer, naar komkommertijd. Avonden vol witbier, een stad vol verse studenten en een krant vol non-nieuws. Luie, lege dagen met luie, lege kranten. Heerlijke berichten. De mooiste verzamel ik. Deze knipte ik uit, begin augustus:

Nederlandse studentes zitten steeds vaker zonder slipje in de lesbanken. 'Mooie lingerie is erg duur. Als ik geen geld heb voor een spannend setje, draag ik liever niets,' merkt een van hen op. Een kwart van de ondervraagde studentes geeft dit toe. Een en ander blijkt uit onderzoek van de Nederlandse studentensite www.studenten.nl. De site deed een poll onder 200 vrouwelijke leergierigen. Ook het dragen van een zomers jurkje gaat vaak samen met het achterwege blijven van ondergoed. De reden hiervoor is veelal gemakzucht.

Pure poëzie. Een readymade. Niks meer aan doen. Iedere zin is raak. Dit verzin je niet.

Tenzij je een bloedgeile bureauredacteur bent. Met een matig huwelijk, stel ik me zo voor, en zonder airco. Op een veel te warme donderdagmiddag, helemaal alleen in zo'n trieste kantoortuin. De hele redactie is op vakantie. Er is toch geen nieuws. Ja, de crisis wordt nog erger na de vakantie, en de Mexicaanse griep ook. Of toch niet. Het moet in elk geval allemaal nog gebeuren. Nu is er niks. Beetje googlen maar.

'Studentes,' tikt hij in, en 'slipje'. Gewoon. Omdat er toch niks uit komt, met dat kloterige pornofilter op die bedrijfscomputer, maar omdat het toch lekkere woorden zijn om te tikken, helemaal alleen, op een warme dag, met een matig huwelijk en zonder airco.

Google, of God of het lot brengt hem op studenten.nl. Een paar balorige wannabe-*Geen Stijl*-redacteuren hebben daar een geile poll in elkaar gefaket over meisjes zonder ondergoed. Hij leest het, twijfelt geen seconde en componeert zijn meesterwerk.

'Nederlandse studentes zitten steeds vaker zonder slipje in de lesbanken,' schrijft hij. Slipje? Of slip? Ondergoed? Nee, te zakelijk. Bovendien hoort daar ook een beha bij, bij ondergoed, en daar meldt de poll niks over. En hij moet zijn bron wel accuraat citeren, dat heeft hij zo geleerd op de School voor Journalistiek. Slipje. Of toch onderbroek? Nee.

Dan denk je aan uitgelubberde witte herenslips. Onderbroekje? Nee. Te jong, te meisjesachtig, te onschuldig. Net niet fijn meer. Slipje. Dat is 'm. 'Steeds vaker zonder slipje in de collegebanken.' Steeds vaker, altijd goed. Niet te controleren, en het laat genoeg over aan de fantasie van de lezer. Steeds vaker, denkt hij, mijmerend boven zijn door moeder de vrouw liefdevol gezette bakje ochtendkoffie. Deden ze het vroeger dan ook al? Maar dan heel af en toe? Alleen op joods-christelijke feestdagen? Zo van: 'Hm, 't is bijna Pasen, ik ga weer eens lekker met mijn blote foef bij statistiek zitten vandaag?'

'Ook het dragen van een zomers jurkje gaat vaak samen met het achterwege blijven van ondergoed. De reden hiervoor is veelal gemakzucht.'

Je stelt het je direct voor, als lezer. Zo'n vermoeid meisje, heeft de hele nacht liggen studeren, trekt een zomers niemendalletje aan en terwijl ze daar zo jong en onweerstaanbaar voor de spiegel staat, in zo'n flodderjurkje, denkt ze: pfff. Ook nog een onderbroek pakken? Ik breng het echt niet op. Ik heb die hele jurk al aangedaan en zo. Ik trek het niet meer. Ik stap zo op de fiets. Wat kan mij het ook schelen. 't Is zomer.

Nananana nananana...

With compliments

Zonder eten kan ik twaalf dagen (gecheckt).

Zonder drank kan ik een heel theaterseizoen (maar zo gauw dat afgelopen is moet ik wel compenseren).

Zonder sigaretten: kan ik.

Zonder vlees.

Zonder koffie.

Zonder seks zelfs, als het moet.

Geheel onthecht van aardse geneugten kan ik door het leven gaan. Gelijk Mahatma Gandhi kan ik blootsvoets in een lendendoek aan mijn weefgetouw gaan zitten vasten, zolang ik maar af en toe een complimentje krijg. ‘Staat je goed, die lendendoek.’ Of: ‘Leuk jachttafereeltje wat je daar weeft. Moet je iets mee doen.’

Ik ben complimentverslaafd. Het maakt niet uit waar het over gaat. ‘Wat zit je haar leuk’ en ‘Mooi jasje’ zijn natuurlijk altijd welkom, maar ik doe het ook voor ‘Lekker dikke aderen heb jij’ als de mevrouw van de bloedbank dat zegt voor ze de naald erin rost.

De essentie van het compliment is niet het benadrukken van schoonheid, maar de bevestiging dat iemand bestaat. Het zal mij werkelijk aan mijn derrière oxideren of iemand bijvoorbeeld mijn auto mooi vindt (ik vind mijn auto zelf niet eens mooi), maar het is wel leuk om te horen. Hoewel een compliment goed in ontvangst nemen toch lastig blijft. Vaak reageer je toch met: 'O echt? 't Is gewoon maar een Hennesje hoor', of: 'Goh, vind je? Nee joh, ik ben juist twee kilo aangekomen!'

Geven is veel dankbaarder. Je krijgt er zo veel voor terug. De blik van de kantoorgenoot met de mooie nieuwe broek, de trotse lach van de vriendin die er jaren jonger uitziet en de kus van de geliefde die lekker ruikt. Dat is prettig, voor collega's, vrienden en echtgenoten, maar zelfs als ik iedereen die ik ken een compliment geef, hou ik er aan het eind van de dag nog honderden over. En die moet ik kwijt.

Spiedend ga ik door de stad, op zoek naar ontvangers. En voor de gecomplimenteerde weet waar het geluid vandaan komt hoort hij: 'Mooie ogen.' Hij kijkt om zich heen, maar ik ben al gevlogen. Weg voor je me kunt bedanken, in mijn superheldenpak. Ik draag een zwart masker en op mijn borst staat een grote C. De C van Complimentenman. Kijk daar! Een vrouw met een jankend kind aan de ene arm en een tas vol boodschappen aan de andere. Dit is een klus voor... Complimentenman. 'Wat doe jij het goed, zeg! Kan je dan echt alles?' fluister ik in haar oor. En dan vlieg ik weg, naar het jongetje dat zich twee straten verderop naar een denkbeeldige finish aan het trappen is en roep: 'Mooie fiets, man! Kom op!' En daar, een vastgebonden hondje voor de supermarkt tegen wie ik 'Je bent lief' moet zeggen.

En daar, kijk daar dan, een lezer, een lezer van dit stukje die ik door het papier heen moet aanraken en kussen en zeggen: 'Wat ben jij mooi. Niet te geloven. Als ik half zo mooi was als jij, was jij nog altijd twee keer zo mooi.'

Verantwoording

De meeste stukken in deze bundel verschenen eerder in *Algemeen Dagblad* en *AvantGarde* en *Telegraaf wonen.*

'Vakantie' verscheen eerder in *Blijven lachen. Met 11 cabaretiers op vakantie.* Uitgeverij Thomas Rap, Amsterdam 2006.

Inhoud